KB0048136

웃는곰 동화꾸러미 **20**

# 왕거북이는 내 친구

심혁창 지음

도서출판 한글 BOOK

# 왕거북이는 내 친구

2017년 6월 15일 1판 1쇄 인쇄
2017년 6월 20일 1판 1쇄 발행

지 은 이  심 혁 창
펴 낸 이  심 혁 창
편집위원  원 응 순
디 자 인  홍 영 민
마 케 팅  정 기 영

펴낸곳 도서출판 한글
서울특별시 서대문구 신촌로 27길 4호
☎ 02) 363-0301 / FAX 02) 362-8635
E-mail : simsazang@hanmail.net
등록 1980. 2. 20 제312-1980-000009

GOD BLESS YOU

정가 **10,000**원

\*

ISBN 97889-7073-534-4-43810

# 머리말

거북이와 토끼가 경주했다는 이야기는 알고 있지만 왕거북이와 토끼가 친구가 된 이야기는 아무도 모릅니다. 토끼가 거북이와 친구가 되어 거북이 나라를 구경하는 이야기는 신기하고 재미있습니다.

나이 많은 왕거북이는 아는 것이 많아도 함부로 자랑하지 않지만 별로 아는 것도 없는 토끼는 많은 것을 아는 체하다가 왕거북이의 실력을 알고 조무라듭니다.

처음에는 친구로 생각했다가 왕거북이가 누군지를 알고는 스승님, 임금님하고 부르지만 그것도 부족하여 도사님이라고 부르면서 왕거북이를 존경합니다.

거북이가 토끼한테 가르치는 말을 통하여 어린이들이 알아두어야 할 사자성어가 많이 나옵니다. 사자성어를 알기 쉽게 들려주어 어린이들이 재미있게 읽으며 익히게 되리라고 믿습니다.

지은이 웃는곰  심혁창

# 차 례

# 토끼와 거북이의 우정

토끼는 귀가 크고 하얗고 눈이 맑고
빨갛고 예쁩니다.

그뿐 아니라 맘씨도 예쁩니다.

그 토끼가 거북이하고 산꼭대기까지
누가 먼저 올라가나 경주했다는 이야
기는 우리나라 사람이라면 다 아는 이
야기입니다.

그런데 모든 사람이 오해하고 있는 것이 있습니다.

착한 토끼와 거북이가 산 위에 있는 큰 나무까지 누가
먼저 달려 올라가나 경주를 하고 있
을 때입니다. 토끼가 앞질러 달려가다
돌아보았습니다.

거북이가 등에 무거운 딱지를 짊어지고 숨이 차서 헐떡거리고 올라오는 것이 보였습니다.

토끼가 그것을 보고 마음을 바꾸었습니다.

'안 되겠다. 내가 너무 빨리 가면 거북이가 기가 꺾일지도 몰라. 거북이는 사람들이 느리다고 흉을 보기 때문에 언제나 우울해 하고 있었어. 오늘은 거북이한테 용기를 주어야지. 거북이는 내 친구니까.'

이런 생각을 한 토끼는 길옆 풀밭에 누워 자는 척했습니다. 토끼 속을 모르는 거북이는 토끼가 잠든 줄 알고 신이 나서 열심히 기었습니다.

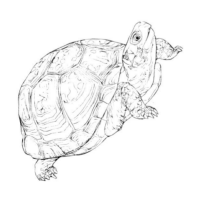

'토끼 녀석이 지쳐서 쓰러져 자는구나. 두고 보자. 오늘은 내가 이길 거다. 으ㅎㅎㅎ.'

거북이는 웃음을 길에 깔아놓고 토끼보다 먼저 산 위에 있는 나무 밑으로 올랐습니다.

"만세! 만세, 내가 이겼다. 야아 호오!"

이렇게 소리치자 토끼가 깜짝 놀란 듯 일어나더니 달려 올라가며 소리쳤습니다.

"거북아, 네가 이겼다. 하하하하."

거북이가 물었습니다.

"지고도 웃음이 나오냐? 느림보 토끼야. 으흐흐흐."

"네가 그렇게 빨리 올라올 줄은 몰랐다. 거북이 만세!"

거북이는 좋아서 춤을 추다가 등딱지가 무거워서 그만 비탈로 굴러 내렸습니다.

토끼가 달려가 거북이를 도와주며 말했습니다.

"거북아, 나는 갑자기 배가 아파서 죽을 뻔했다."

"그랬어? 잠든 게 아니었어?"

거북이는 토끼가 아파서 그랬던 줄은 모르고 경주에서 이 길 생각만 하고 토끼 곁을 그냥 지나친 것을 후회했습니다.

"토끼야, 미안해. 그런 줄도 모르고 내가 이길 생각만 했어."

토끼는 거북이한테 져 주고도 마음이 많이 즐거웠습니다.

"괜찮아, 오늘은 네가 이겼어. 거북이 만세!!"

9

# 거북이 등을 탄 토기

거북이가 목을 움츠리며 말했습니다.

"미안하다, 토끼야."

"괜찮아, 이제 내려가자."

토끼와 거북이는 산에서 내려와 들판을 지나 강가에 도착했습니다. 토끼가 강 건너를 바라보며 말했습니다.

"저 건너편의 풀이 아주 맛있겠다. 야들하고 파란 풀이……."

거북이가 물었습니다.

"그 풀이 먹고 싶어?"

"응, 저게 다 토끼풀이야."

"알았어. 내가 건너다 줄게."

"네가 어떻게?"

"나는 산이나 들에서는 느리지만 강이나 바다를 만나면 헤엄을 아주 잘 쳐. 내 등에 업혀 봐, 그러면 헤엄을 쳐서 건너 줄게."

"정말?"

"그렇다니까. 자, 등에 업혀 봐."

거북이가 납작 엎드리며 등을 돌려 댔습니다. 토끼가 방긋 웃으며 말했습니다.

"알았어. 그럼 네 등에 탄다."

토끼가 등에 오르자 거북이는 아주 신이 나는 듯 부지런히 기어서 강물 속으로 들어갔습니다. 토끼는 거북이가

정말 헤엄을 잘 칠 수 있을까 걱정을 했습니다.

그러나 거북이는 배처럼 물 위에 등을 내밀고 토끼가 물 한 방울도 묻지 않게 헤엄을 쳤습니다.

강물은 잔잔하고 맑았습니다. 거북이를 발견한 붕어들이 모여들어 재잘거렸습니다.

"거북이가 토끼를 등에 태우고 헤엄을 친다!"

"거북이 대단하다, 배 같아, 배."

"거북이가 토끼한테 속아서 강을 건너 주는 거 같다, 히히히."

"아니야, 엉큼한 거북이가 토끼를 꾀어서 강을 건너 주겠다고 속이고 물속으로 들어가 잡아먹으려나 봐."

"토끼는 물에 빠지면 죽겠지?"

"그래. 토끼는 귀만 크지 헤엄은 못 치거든. 히히히."

이때 갑자기 큰 물결이 일어나면서 시커먼 무엇이 나타났습니다. 재잘거리던 붕어 떼가 우르르 달아나며 소리쳤습니다.

"메기다! 아가리 큰 메기가 나타났다. 와와와!"

붕어들은 메기가 무서워서 다 달아나고 그 뒤를 이어 물결을 휘저으며 큰 메기가 나타나 물었습니다.

"거북아, 네 등에 타고 있는 하얀 동물은 무엇이냐?"

"착한 토끼다. 저리 비켜 물결 일으키면 어지러워!"

"토끼라고? 용왕님을 속였다는 그 토끼냐? 어디 보자."

등이 시커멓고 입이 넓적한 메기가 물속에서 불쑥 솟아오르며 물결을 일으켰습니다. 거북이가 기우뚱거리며 소리쳤습니다.

"메기야, 물러가라니까!"

"물러가라고? 그 토끼 주면 물러가지, 으ㅎㅎㅎ."

토끼는 메기의 커다란 입을 보고 깜짝 놀랐습니다. 메기는 큰 입을 쩍 벌리고 공격해 왔습니다. 그러나 거북이도 지지 않고 발로 차고 머리를 물속으로 집어넣고 메기를 물려고 덤볐습니다. 메기는 물결을 크게 일으키며 높이 솟아올랐다가 첨벙 하고 떨어지며 낄낄거렸습니다.

"으으 히히히! 으히! 쏴악 슈!"

메기가 입에 물을 가득히 물고 뿜어냈습니다. 그리고 물결을 일으키며 거북이를 또 공격했습니다. 거북이가 머리를 물속에 박고 물려고 덤비자 메기가 거북이 뒷다리를 물었습니다.

"아야앗!"

거북이가 아파서 소리를 질렀습니다. 그러나 메기는 거

북이 다리를 물고 놓지 않았습니다. 거북이는 기우뚱거리며 앞발로 헤엄을 쳐서 가까스로 강가에 닿았습니다. 토끼가 잽싸게 뛰어 올라 뭍으로 나는 듯이 올랐습니다.

토끼가 안전하게 강둑에 오르자 거북이가 온 힘을 다해 몸을 한 바퀴 휘익 굴렸습니다. 거북이 뒷다리를 물고 놓지 않던 메기가 거북이 힘에 밀려 공중으로 붕 떴다가 뭍으로 떨어져 펄떡펄떡 뛰었습니다.

토끼가 다가가 말했습니다.

"메기야, 그래도 더 까불래?"

메기가 배를 깔고 엎드려 대답했습니다.

"토끼님, 살려주세유."

"살려달라고?"

펄펄 뛰던 메기는 숨이 차서 말도 못하고 축 늘어졌습니다. 이때 거북이가 강에서 기어 나와 메기한테 갔습니다.

"으ㅎㅎㅎ, 꼴좋다. 네가 물 밖에서도 까불래?"

메기가 숨이 차서 죽어가는 소리로 대답했습니다.

"거북이님, 사, 사 살려주……."

메기는 말을 못하고 눈을 감았습니다. 마음씨 착한 토끼가 거북이한테 말했습니다.

"거북아, 안 되겠다. 저러다 메기가 죽겠어."

"메기는 금방 죽지는 않아. 내가 물을 축여주면 정신이 들어."

거북이가 목을 쏙 들이밀었다가 머리를 쑥 빼면서 입에 물고 있던 물을 메기한테 뿜어주었습니다. 물에 적셔진 메기가 꼬리를 탁탁 치면서 사정했습니다.

"거북님, 저 좀 살려 주세요."

토끼가 염려스러워서 말했습니다.

"거북아, 메기를 빨리 물속으로 보내자."

거북이가 대답했습니다.

"내가 등에 태워 가고 싶지만 메기가 등에 오를 수가 없을 거야."

"그럼 어떻게 하지? 메기가 죽을 것만 같아."

메기가 숨넘어가는 소리로 말했습니다.

"토끼님, 거북이님 살려주세유."

# 호랑이를 만난 거북이

토끼가 말했습니다.

"내가 메기를 물어다 강물에 넣어 볼게."

토끼는 작은 입을 짝 벌리고 메기 꼬리를 물고 끌었습니다. 거북이도 메기 머리를 밀었습니다.

"영차! 영차. 으라차차! 으라차!"

"영차! 영차. 으라차차! 으라차!"

토끼와 거북이가 한참 만에 메기를 강물 속에 넣어 주었습니다. 메기가 물속으로 들어갔습니다. 토끼가 좋아서 만세를 불렀습니다.

"메기 만세!"

거북이도 목을 길게 빼고 소리쳤습니다.

"메기 만세!"

물속으로 깊이 들어갔던 메기가 머리를 불쑥 내밀며 소리쳤습니다.

"고맙다, 토끼야, 거북아."

토끼가 대답했습니다.

"우리가 더 고맙다. 네가 살아서 돌아가니 이렇게 기쁜

걸!"

토끼가 귀를 높이 뻗쳐 올리고 춤을 추었습니다. 그것을 본 거북이도 앞발을 높이 들고 소리쳤습니다.

"메기야, 약한 고기들을 괴롭히지 말고 건강하게 살아라!"

"알았다. 나도 이제 작은 물고기를 잡아먹지 않고 풀을 뜯어 먹고 살 거야. 언제든지 내가 보고 싶으면 여기 와서 불러라, 물속에서 너희들이 필요한 것은 무엇이든지 내가 물어다 줄게."

토끼가 대답했습니다.

"고맙다. 메기야, 네가 보고 싶으면 와서 부를게."

"그래, 꼭 와야 한다. 알았지?"

"알았어."

거북이와 토끼는 강둑을 지나 산길로 들어갔습니다. 이때 저만큼서 호랑이가 눈을 번쩍거리고 토끼와 거북이를 노려보며 좋아했습니다.

"흐흐흐, 먹이가 제 발로 오

17

는구나, 으흐흐흐!"

거북이와 토끼는 호랑이가 노려보고 있는 것도 모르고 재잘거리며 걷다가 호랑이가 바로 앞에 있는 것을 보고 깜짝 놀랐습니다.

거북이가 목을 쏙 들이밀고 말했습니다.

"호랑이다, 호랑이!"

토끼가 꾀를 짜내고 거북이한테 말했습니다.

"거북아, 겁먹지 말고 나를 등에 업어다오."

"어떻게 하려고?"

"내가 네 등을 타고 큰소리를 한번 칠 테니 넌 나를 태우고 앞으로 가라."

"무서운데……. 그러다 잡혀 먹히지 않을까?"

"무서워할 것 없어. 호랑이 밥이 되기 전에 한번 호랑이하고 싸워 보는 거야."

"네가 무슨 힘으로 싸운다는 거야?"

"염려 말고 내가 하자는 대로 해."

토끼는 깡충 뛰어 거북이 등을 타고 소리쳤습니다.

"호랑아, 넌 내가 누군지 알고 있지?"

"으하하하, 한 끼 저녁거리도 못 되는 것이 큰소리를 치다니 귀엽구나, 으흐흐흐."

"나는 오백 살 먹은 거북이를 타고 여행 다니는 토끼 왕이다. 길을 비켜라."

"으흐흐흐, 웃기네, 토끼 왕? 건방지다."

"좋다, 내가 너보다 얼마나 대단한지 보여주겠다."

호랑이가 비웃었습니다.

"네까짓 게 그렇게 대단하다고?"

"오백 살이나 먹은 거북이가 나를 태우고 다니는 걸 보고도 모르겠느냐?"

"으하하하, 거북이까지 먹어도 한 끼 거리가 못 되는 것이 감히!"

"좋다. 네가 나를

당하면 너의 밥이 되어 주마."

"으흐흐흐, 진작 그럴 것이지. 그래, 네가 얼마나 대단한지 보자."

"내가 거북이를 타고 대왕 거동으로 느릿느릿 갈 테니 너는 내 뒤를 따르거라."

호랑이가 가소로워서 웃었습니다.

"으하하하, 요 주먹만 한 것이 하룻강아지 범 무서운 줄 모르고 까부는구나."

"하하하, 덩치만 크고 미련한 호랑아. 넌 내 뒤나 따르거라."

그렇게 하여 거북이를 탄 토끼가 호랑이를 뒤에 세우고 산속으로 들어갔습니다. 호랑이는 먹이가 생겼다고 기분이 좋아서 벙글거리며 따랐습니다. 산속에서 뛰놀던 노루들이 토끼를 앞세우고 눈을 번쩍거리며 다가오는 호랑이를 보고 기겁을 했습니다.

"토끼가 거북이를 타고 호랑이와 오고 있다! 달아나자."

잠깐 사이에 노루 떼가 모두 달아났습니다. 토끼는 거북이를 이리저리 몰고 노래를 부르며 다른 골짜기로 들어갔습니다. 호랑이는 뒤에서 싱글벙글 웃으며 따랐습니다.

"오늘은 침도 바르지 않고 먹이를 먹겠구나, 으흐흐흐,

하하하."

이때 굴 앞에서 새끼들과 장난을 치고 놀던 늑대가 호랑이를 보고 놀라 소리쳤습니다.

"애들아, 달아나라. 숲속으로 달아나라!"

눈 깜작할 새에 늑대가 모두 달아나는 것을 보면서 토끼가 소리쳤습니다.

"이놈들! 어디로 달아나느냐? 거기 섰지 못할까!"

늑대가 달아난 골짜기에서 원숭이가 나무를 타고 놀다가 토끼와 호랑이가 오는 것을 보고 놀라 달아나기 시작했습니다. 토끼가 소리쳤습니다.

"이놈들! 거기 서지 못하겠느냐?"

우습게 본 먹거리 토끼가 하는 짓을 보던 호랑이가 가만히 생각을 했습니다.

'토끼 놈이 거북이를 타고 다

니는 것도 이상하지만 다른 동물이 토끼를 보고 모두 달아나지 않는가. 이 토끼가 거북이를 타고 다니는 것만 보아도 보통 놈이 아닌 진짜 왕인 것 같다. 조심해야 할 것 같은데……?'

이때 땅을 후벼 파고 두더지를 잡던 산돼지 떼가 이쪽을 보고 깜짝 놀라 달아나기 시작했습니다. 토끼가 또 소리쳤습니다.

"돼 지 들 아,
거기 서라!"

그러나 놀란
산돼지들은 꽥
꽥거리며 모두
산을 넘어 달
아 났 습 니 다.
그 뒤를 이어
굴 앞에서 뒹굴고 놀던 곰들이 보고 놀라 달아났습니다.
곰이 달아나는 것을 본 호랑이는 겁이 나기 시작했습니다.

'이 작은 토끼 놈이 왕이라더니 정말 무서운 놈 같다. 오백 살 먹은 거북이를 종처럼 몰고 다니다니. 나도 무서

위하는 곰이 달아나지 않는가. 나도 이러다가 무슨 일을 당할지 모른다. 달아나자.'

뒤를 따르던 호랑이가 슬그머니 돌아서서 네 굽을 놓고 달아나기 시작했습니다. 토끼가 보고 깩깩 소리쳤습니다.

"호랑이 이 놈, 거기 서지 못할까!"

그러나 호랑이는 뒤도 돌아보지 않고 달아나며 중얼거렸습니다.

"토끼라고 함부로 보면 안 된다. 저런 무서운 토끼도 있다니! 으으으으 무서워."

호랑이가 멀리 사라지자 토끼가 거북이한테 말했습니다.

"거북아, 내 머리가 어떠냐?"

"이히히히, 그것을 사자성어로 뭐라고 하는지 아느냐?"

"사자성어가 뭐냐?"

"그런 것도 모르면서 네가 왕이라고? 오늘 내가 오백 년 만에 처음으로 머리 좋은 너를 만났다. 오늘같이 남의 힘을 빌려 제가 위세를 부리고 호령하는 것을 호가호위(狐假虎威)라고 하는 거다. 네가 올해 몇 살이냐? 겨우 열 살짜리가 오백 년 동안 세상 구경을 한 나를 종처럼 부리다니. 히히히 오래 살다 보니 별꼴이야, 히히히."

"나를 놀리는 거냐?"

"놀리다니 늙은이가 젊은이를 놀리는 건 매우 위험한 짓이다."

"네가 늙었다고?"

"난 오백 살이다. 넌 겨우 열두 살이 아니냐? 그래도 잔꾀 부리는 재주는 나보다 낫다. 히히히히."

거북이는 싱긋 웃고 또 느릿느릿 앞으로 기었습니다. 토끼가 물었습니다.

# 호랑이를 타고 못 내리는 사람

"느림보 거북이 놈아, 어디를 가는 거냐?"

"토끼 녀석이 귀만 크지 말귀는 엉망이구나."

"뭐라고?"

"나는 오백 살이라고 했다."

"뻥치지 마. 네가 오백 살이면 나는 천 살이다. 느림보 거북아."

"허허, 버르장머리 없는 소리. 그렇지만 나는 거북이고 넌 토끼니까 보아주겠다. 난 거북이로 태어난 것이 토끼로 태어난 것보다 좋다."

"그렇게 느리게 기어 다니면서 무엇이 좋다는 거냐?"

"기어 다니지만 내 팔자만큼 좋은 동물도 세상에는 없느니라."

"등껍데기가 무겁지도 않으냐? 헤헤헤."

"너는 귀가 무겁지도 않으냐? 난 그런 기다란 귀는 귀찮아서 안 달고 다닌다. 으흐흐흐."

거북이가 낄낄거릴 때 토끼가 말했습니다.

"거북아, 저것 좀 봐라."

"뭐 말이냐?"

토끼가 하는 말에 거북이가 목을 쑥 빼고 멀리 바라보다가 목을 쏙 들이밀었습니다.

"이크!"

토끼가 빨간 눈을 동그랗게 뜨고 말했습니다.

"사람이 무언가 이상한 동물을 타고 달려온다."

거북이가 급히 말했습니다.

"토끼 놈아, 빨리 숨어라. 호랑이가 먹이를 업고 달려오는구나."

"뭐라고? 저게 호랑이라고?"

"넌 못 보지만 나는 십리 밖에 있는 것도 알아본다."

"뻥 치지 마라. 사람이 어떻게 호랑이를 타고 다닌단 말이냐."

"흐흐흐, 어떤 사람은 팔자가 좋아서 호랑이나 타고 다니고 나는 겨우 주먹만 한 토끼나 업고 다니는구나."

가까이 오는 사람과 호랑이를 알아본 토끼가 귀를 바짝
세우고 말했습니다.

"큰일 났다. 숨자, 호랑이닷!"

"호랑이가 그렇게 무서우냐?"

"무섭지!"

"웃기는 소리, 넌 호랑이하
고 싸워서 이겼으면서?"

"그때는 그렇지만 지금은 달
라. 저 사람 좀 봐라. 얼굴이
호랑이 타고 놀러 다니는 얼

## 騎虎之勢
### 기 호 지 세

굴이 아니라 겁을
잔뜩 집어먹은 얼굴
아니냐?"

거북이가 토끼를
보고 능글맞게 웃었
습니다.

"흐흐흐, 더 큰 호
랑이도 당하더니 왜
잡자기 겁먹은 얼굴

이냐? 정말 무서우냐?"

토끼는 발발 떨면서 대답했습니다.

"조용히 해, 호랑이가 알면 죽어."

"으흐흐흐. 겁쟁이 토끼!"

호랑이 등에 탄 사람은 겁을 잔뜩 집어 먹고 호랑이 등을 꽉 잡은 채 뛰어내리지도 못하고 어쩔 줄을 몰라 했습니다. 그 모습을 보면서 거북이가 말했습니다.

"어떠냐? 볼만 하지? 저 사람이 호랑이를 타고 놀러 다니는 것이냐 아니면 호랑이 밥이 된 것이냐?"

토끼는 발발 떨면서 대답했습니다.

"모르겠다. 사람이 호랑이를 타고 다닌다는 말은 들어보지 못했다."

"호호호호. 저렇게 호랑이 등을 타고 내리지도 못하고 겁을 잔뜩 집어먹은 사람을 무어라고 하는지 아느냐?"

"그게 무슨 소리냐? 누구는 팔자가 좋아서 호랑이나 타고 다닌다고 부러워하는 소리를 하더니."

"내가 일부러 너 들으라고 한 소리였느니라. 저렇게 호랑이 등을 타고 절절매는 것을 사자성어로 뭐라고 하는지 아느냐?"

"또 사자 성어냐?"

"어린 네가 뭘 알겠느냐. 저렇게 호랑이 등을 탄 모양을 기호지세(騎虎之勢)라고 하는 거다."

"그게 무슨 소리냐?"

"사람이 일을 저질러 놓고 이러지도 저러지도 못하고 절절매는 것을 기호지세라고 하느니라."

토끼는 속으로 생각했습니다.

'못생긴 거북이가 별 걸 다 아는 체하네.'

거북이가 웃다가 화난 소리로 말했습니다.

# 배신자들

"건방진 녀석, 나를 무시해?"

토기가 떨리는 소리로 물었습니다.

"거북아, 그게 무슨 말이야?"

"못생긴 거북이가 별 걸 다 안다고?"

"내 생각을 어떻게 알았지? 헤헤헤."

"철도 안 든 새까만 녀석이……."

이때 사냥개 짖는 소리가 컹컹 들려오고 포수 셋이 달려오고 있었습니다. 거북이가 납작 엎드렸습니다.

"토끼야 숨어라! 포수한테 걸리면 잡혀간다."

토끼는 거북이보다 빠르게 귀를 접고 풀숲으로 숨었습니다. 무엇을 보고 달려가는지 모르지만 개가 컹컹 짖고 앞서 달리고 포수들이 바삐 뒤를 따라 달려갔습니다. 사람들이 지나가고 나자 거북이가 말했습니다.

"토끼야, 포수와 개가 무엇을 잡으러 가는지 따라가 보아라."

"내가 따라 가라고? 거북아, 네가 가면 안 될까?"

"미안하다, 나는 너무 느려서……."

"알았다. 느림보 거북이."

토끼가 바람보다 빠르게 숨어서 포수 뒤를 따라 달려갔습니다. 큰 사냥개가 숲속으로 들어가 커다란 멧돼지를 물고 늘어졌습니다. 개한테 물린 멧돼지가 개를 공격하고 개는 조금도 양보하지 않고 멧돼지를 물어뜯었습니다.

두 동물이 싸우는 모양을 포수들은 재미있다는 듯 바라보고 시시덕거렸습니다.

"개가 이제 너무 늙었어. 전 같으면 멧돼지가 반격할 기회도 주지 않았는데 이제는 힘이 달리는 것 같은데……."

"사람이나 개나 늙으면 그 꼴이지. 아무래도 개가 멧돼지를 놓칠 것 같은데 안 그런가?"

"그렇군, 개도 이제 한물갔어."

개와 멧돼
지가 물고 물
리다가 지쳐
서 나가 떨어
졌습니다. 멧
돼지는 숨이
차서 헉헉거
리다가 죽고

사냥개는 혀를 길게 빼물고 눈물을 흘렸습니다.

포수 하나가 말했습니다.

"사냥은 끝났으나 개가 사냥을 더하기는 틀린 것 같네. 어떡하지?"

험상궂게 생긴 사람이 말을 받았습니다.

"저 늙은 개 더써먹기는 글렀어. 이참에 우리 보신이나 할까?"

"보신?"

"그래, 보신이나 하자구."

"어떻게."

"이렇게."

험상궂은 사람이 헐떡거리는 개한테 총을 겨누었습니다.

"빵빵!"

숲속이 떠나갈 만큼 큰 소리가 나고 개는 그만 포수들을 한번 돌아보고는 네 발을 쭉 뻗었습니다.

포수들은 아무렇지도 않은 듯 개를 잡아 불에 구웠습니

다. 그리고 차고 다니던 술병을 꺼내어 들고 개를 안주로 먹으면서 지껄였습니다.

"역시 안주는 개고기가 최고야."

"암, 이보다 좋은 고기는 없지."

포수 세 사람은 술과 고기를 다 먹고 쓰러져 있는 멧돼지를 나무에 꿰어 메고 산길을 내려갔습니다. 그것을 다 지켜본 토끼가 거북이한테 돌아왔습니다. 거북이가 물었습니다.

"토끼야, 뭘 보고 왔느냐?"

"배신자들, 배신자들……."

"누가 배신자라는 것이냐?"

"사람들."

"왜?"

"사냥개가 멧돼지하고 싸워서 사냥을 해 놓고 지쳐 쓰러져 있는 것을 사람들이 개가 늙어서 힘을 못 쓴다며 잡아서 술안주로 먹고 저렇게 돼지를 메고 가고 있어."

"그러냐? 사냥하러 데리고 간 개를 사냥이 끝나자 잡아먹었단 말이렷다?"

"그렇당게."

"너 말버릇이 그게 뭐냐?"

"사람들 하는 짓이 마땅찮아서 그런당게."

"사람들은 거의가 욕심이 많고 은혜를 모르고 배신하는 경우가 많다. 그런 것을 사자성어로 뭐라고 하는지 아느냐?"

"또 사자성어야?"

"이놈아, 모르면 물어서 배울 것이지 그게 무슨 말 버릇이냐?"

"느림보 거북아, 아는 체 그만 해."

"사냥꾼이 그랬듯이 남을 이용하여 자기 목적을 달성한 뒤에는 도움 받은 사람을 배신하는 것을 무엇이라고 하는지 아느냐?"

"그런 걸 알아서 뭘 해?"

"토끼가 돼 가지고 그런 것도 모르느냐? 그런 배신행위를 사자성어로 토사구팽(兎死狗烹)이라고 하느니라."

"그게 무슨 말이야?"

"개를 데리고 토끼 사냥을 갔다가 토끼를 잡고 나면 개를 잡아먹는다는 말이니라."

"토사구팽이 토끼를 잡는 거라고?"

"그래, 개를 데리고 토끼 사냥을 갔다가 토끼를 잡고 난 다음에는 개를 잡아먹는 것을 토사구팽이라고 하느니라."

"기분 나쁘게 왜 하필이면 토끼 사냥이냐고?"

"사람들이 가장 만만

兎死狗烹
토 사 구 팽

하게 보는 동물이 토끼니라. 너도 까불지 말고 조심해라. 알겠느냐?"

"몰라. 토사구팽이라고 하지 말고 돼지가 죽자 개를 잡아먹는다고 하면 안 될까?"

# 내 것보다 남의 것만 좋아하는 사람

날이 꾸물거리더니 소낙비가 내렸습니다. 거북이가 말했습니다.

"토끼야, 넌 비가 오면 싫지?"

"세상에 아무 때나 오는 비를 누가 좋아하겠냐?"

"나는 비가 오면 아주 좋단다. 너처럼 털 가진 동물들은 비를 맞으면 지저분해지고 젖어서 싫어할 테지만 나는 비가 주룩주룩 내리면 좋단다. 등에 묻은 때가 다 씻겨 내려가거든."

"그렇겠구나, 거북아, 넌 좋겠다."

"비가 많이 올 것 같다. 저 큰 바위 밑으로 가서 비를 피해라. 나는 밖에서 비나 맞고 샤워 좀 해야겠다."

토끼는 비를 피해 날쌔게 바위 밑으로 기어들었습니다. 그러나 거북이는 느릿느릿 비를 맞으며 싱글벙글했습니다.

"아이 시원해. 비가 오면 살맛이 난다. 흐흐흐."

"바다보다 강보다 좋으냐?"

"나는 바다도 강도 좋고 이렇게 들로 산으로 다니며 비를 맞아도 좋다. 내가 여기서 비를 맞는 동안 무슨 얘기든 재미있는 것이 있으면 들려다오."

토끼가 귀를 바짝 세우고 말했습니다.

"비를 맞으면서 이야기를 듣겠다고?"

"샤워하는 나는 너 같은 털 짐승하고는 달라. 으흐흐흐 야아호! 어이이 시원해! 무슨 이야기든 해 봐라. 넌 왜 사람들을 떠나 이렇게 돌아다니느냐? 토끼장에 있으면 가만히 앉아 있어도 먹을 것 갖다 주고 비도 안 맞고 좋을 텐데 말이다."

"그러고 보니 한 가지 생각나는 게 있다. 내가 사람들한테 잡혀가서 토끼장에 갇혀 있을 때 본 건데……."

"뭘?"

"그 집 주인 영감이 아주 이상했다. 자기네 닭이 꼬꼬댁하고 알을 낳으면 얼른 달려가서 몇 개씩 꺼내 먹으면서 '달걀은 따뜻할 때 먹어야 해.'하면서도 알 낳은 닭을 집 밖으로 내쫓으면서 뭐라고 하는지

알아?"

"뭐라고 하는데?"

"기가 막혀서……."

"그래, 말해 봐라. 무슨 말이냐?"

"그 영감이 뭐라고 하느 냐 하면 동네 아이들한테 '저 논에서 노래하는 따오 기를 잡아오너라. 그러면 우리 닭 열 마리를 주마'

하는 거야. 그 소리를 들은 닭들이 뭐라는지 알아?"

거북이가 혀를 찼습니다.

"허허, 그 영감 너무 했다. 닭들 자존심도 생각해 주어 야지."

"그래서 닭들이 나를 보고 그러는 거야. '너도 토끼장에 들어 앉아 편하게 살지만 저 영감이 너를 돌아다니는 다 람쥐만큼도 좋아하지 않는단다. 전에 다람쥐 한 마리만 잡아다 주면 토끼 열 마리를 준다고 하더니 네가 다 자라 면 잡아먹을 거라고 했다'는 거야."

"허허, 그 영감 못되었구나. 제 집에 닭과 토끼는 우습게보고 제 것도 아닌 들짐승만 좋아하지 않느냐."

"그래서 나는 그 집에서 토끼장을 뚫고 도망쳤어."

"잘했다. 사람들은 동물을 사랑하는 척하다가 모두 잡아 먹는 못된 버릇이 있다. 그리고 자기 수중에 있는 것은 무엇이든 귀하게 생각하지 않고 남의 것만 좋게 보고 그것을 갖고 싶어 안달을 한다."

"바보 같은 거북이가 그런 것도 다 아냐?"

"이놈 봐라. 내가 오냐오냐해 주었더니 함부로 지껄이는구나.

貴鵠賤鷄
귀 곡 천 계

하나 물어보자. 내 것은 우습게보면서 남의 것만 귀하에 여기는 것을 사자성어로 뭐라고 하는지 아느냐?"

"또 사자성어야? 거북이는 못 말려."

"그렇게 똑똑한 네가 대답해 보아라. 모른단 말은 안 하겠지?"

"그걸 알면 내가……."

"알면 네가 뭐냐? 사람이나 호랑이가 되었을 거라는 말이냐?"

"헤헤헤, 그런 건 아니고. 바보 거북이가 사자성어로 아는 체하는데 어디 들어볼까."

거북이가 점잖게 말했습니다.

"건방진 녀석. 그렇게 내 것 귀한 줄 모르고 남의 것만 귀하게 여기는 것을 사자성어로 귀곡천계(貴鵠賤鷄)라 하느니라."

"그게 무슨 말이냐?"

"바보 녀석아. 설명할 때 뭘 들었느냐. 사람이 들에 돌아다니는 따오기는 귀히 여기면서 제 집에서 알 낳아주고 고기까지 먹게 해 주는 닭은 천하게 여긴다는 말이니라. 그래도 못 알아듣겠느냐?"

"헤헤헤. 이제 아주 쬐끔 알 듯 말 듯해."

# 곰보다 미련한 곰탱이

소낙비로 샤워를 한 거북이 등이 파란 빛으로 반짝거렸습니다. 그뿐 아니라 눈도 초롱초롱하고 위엄이 있어 보였습니다.

토끼는 거북이가 갑자기 존경스럽다고 생각했습니다.

'이상하다, 거북이가 왜 갑자기 위엄이 있어 보이지? 거북아, 거북아 하고 부르기가 좀 이상한데……?'

거북이가 목을 빼고 두리번거리며 중얼거렸습니다.

"비를 맞고 나니 온 세상이 모두 샤워를 한 듯 깨끗하구나. 저기 좀 봐라. 나무도 풀도 생기가 돌고 강을 거슬러 올라가는 배도 그림처럼 아름답지 않으냐?"

토끼는 갑자기 대답이 안 나왔습니다. 배도 산도 다 아름답지만 거북이가 더 신성해 보이고 함부로 대해서는 안 되겠다는 생각이 들어서 이렇게 말했습니다.

"아저씨, 아저……."

거북이가 두리번거리면서 물었습니다.

"아저씨라니? 여기 아저씨가 어디 있느냐? 아무도 안 보이는데?"

토끼가 주저했습니다.

"아저씨는 바로, 아저씨는……."

토끼는 거북이를 가리키며 웃었습니다.

"헤헤헤, 아저씨가 바로 아저씨, 헤헤헤."

"뭐라? 나를 아저씨라고? 호호호호."

"진짜예요. 아저씨. 이제부터는 거북아 하고 부르지 않고 아저씨라고 부르고 싶어요."

"호호호, 네가 나를 친구로 생각하더니 갑자기 아저씨라고 부르고 싶다 하니 이상하구나."

"이제는 아저씨라고 부를게요. 그래도 되지요?"

"너하고 나이를 비교하면 그래도 되겠지. 너는 열두 살이고 나는 오백 살이 넘었으니까."

"아저씨, 그동안 제가 함부로 말한 것 용서해 주세요."

"용서라고? 네가 언제 나한테 죄를 지었느냐?"

"제가 함부로 말했잖아요!"

"네가 나를 친구로 삼았으니 말을 그렇게 하는 것이 맞

지 않으냐. 그렇지만 네가 아저씨로 부른다면 나도 아저
씨 노릇을 해야겠지. 호호호."

토끼는 거북이가 정말 아저씨로 보였습니다. 거북이도
토끼가 아저씨라고 부르니 기분이 좋아졌습니다.

"토끼야. 난 기분이 좋다. 등에 타거라. 너를 업고 강가
로 가서 보여 줄 것이 있다."

"아니에요. 아저씨 등을 타고 다닐 수는 없어요. 그냥
가도 아저씨보다 열 배는 빠르니까요."

"네가 나를 아저씨라고 부르니까 기분이 좋아 업어주고
싶어서 그런다. 조카가 된 기념으로 천천히 업혀서 가자.
귀여운 녀석, 으흐흐흐."

"알았어요. 이번 한번만 업혀드릴게요."

토끼는 반짝거리는 거북이 등에 올랐습니다.

"아저씨, 무겁지요?"

"조카를 업었는데 그게 문제냐. 졸지 말고 잘 타거라."

거북이는 아주 기분이 좋아서 전보다 빠르게 숲과 들을
지나 강가로 갔습니다. 강에는 배가 떠가고 조각구름이
배를 따라 유유히 흘러가고 있었습니다.

물결을 따라 떠가는 배에 한 사람이 거북이를 보고 손
을 저었습니다. 그 사람은 한 손을 치켜들고 소리를 치다

가 다른 손에 들고 있던 칼을 강물에다 떨어뜨렸습니다.

그 사람은 칼이 떨어진 자리를 표시하려고 작은 칼을 꺼내어 뱃전을 팠습니다. 그 모습을 보던 다른 사람이 물었습니다.

"뱃전은 왜 파시오?"

"보시면 모르겠소? 바로 여기서 칼을 떨어뜨렸소. 칼 떨어진 자리를 표시하는 것이오."

"하하하, 이런 사람 보게, 배가 떠가는데 거기다 표시한다고 칼이 따라 오기라도 하겠소?"

"조용히 하시오. 여기가 바로 칼이 떨어진 자리요."

그 사람이 저쪽으로 가면서 껄껄거렸습니다.

"하하하, 별일 다 보겠네. 칼 떨어진 자리를 배에다 표시를 하다니, 하하하."

거북이가 물었습니다.

刻舟求劍
각 주 구 검

"저 사람이 칼 떨어진 자리에다 표시하는데 그 표시한 자리에서 칼을 건질 수 있겠느냐?"

토끼가 배를 가리키며 대답했습니다.

"칼이 떨어진 곳은 버드나무가 있는 저긴데 배가 거기를 떠나 저렇게나 멀리 갔는데 배에다 표시한다고 칼을 찾겠습니까. 미련하기가 꼭 누구 같습니다."

"그게 누구냐?"

"헤헤헤, 아저씨⋯⋯."

"나를 바보라면서 네가 똑똑한 척하는데 얼마나 똑똑한지 알아보자. 저 사람처럼 배에서 칼을 떨어뜨리고 그 자리를 칼로 깎아 표시하는 바보짓을 사자성어로 무엇이라 하는지 아느냐?"

"또 사자성어입니까?"

"모르면 배워라. 또또 하지 말고."

"별꼴이야, 배는 한참을 갔고 칼은 저기 버드나무 아래 떨어졌는데 뱃전에다 칼 떨어진 자리를 깎고 있는 사람이 있다니 바보 미련퉁이."

"그런 어리석은 사람을 사자성어로 뭐라고 하는지 아느냐?"

"모르는 줄 뻔히 알면서 대답하라는 것도 바보가 아니면 묻지 않지요, 헤헤헤."

"나를 놀리는 것이냐?"

"아저씨를 놀리다니요, 저는 그런 것을 사자성어로 뭐라고 하는지 모를 뿐입니다요."

"진작 그럴 것이지. 저런 바보짓을 각주구검(刻舟求劍)이라고 하느니라."

"각주구검이라고요? 그게 무슨 말이지요?"

"보고도 모르느냐? 저 사람이 뱃전을 깎으며 배가 멀리 떠가는 것을 모르듯 세상이 쉬지 않고 변하고 돌아가는데 그것도 모르고 자기 판단만 믿고 융통성 없이 사는 어리석은 사람이 하는 짓을 각주구검이라고 하는 것이다."

"아저씨, 생각해 보니 제가 바로 그런 것 같습니다."

거북이가 싱글거리며 말했습니다.

"이제 알았느냐? 내가 좋은 구경을 시켜주마."

"뭔데요, 아저씨?"

"가 보면 안다."

# 물린 자와 문 자의 싸움

　거북이는 언제나 느릿느릿 세월 뒤를 따라 걷습니다. 그러나 토끼는 세월을 앞질러 달려갑니다. 그래서 거북이는 오래 살고 토끼는 몇 살 못 살고 죽는지도 모릅니다.

　거북이가 너무 느리게 걸어서 토끼는 답답하여 견딜 수가 없었습니다.

　"거북 아저씨. 이렇게 가다가 언제 좋은 구경을 시켜 주실 겁니까?"

　"서둘 것 없다. 한 사흘 가면 내가 너한테 보여줄 별궁(鼈宮)에 도착할 것이다."

　"하루도 긴데 사흘씩이나 가야 합니까? 그리고 별궁은 또 뭡니까?"

　"가 보면 안다."

　"난 아저씨가 너무 느려서 이렇게는 못 갑니다, 저기 바닷가로 달려가서 한잠 자고 있을 테니 따라 오시지요."

　"그래라. 바닷가에 가면 볼 것도 많고 재미있는 일도 많을 것이다. 먼저 가거라."

　토끼는 신이 나서 바람보다 빠르게 달려 바닷가에 도착

했습니다. 파란 바다는 파도를 타고 춤을 추고 갈매기는
바다 위에 노래를 깔았습니다.

"야! 바다다! 넓고 시원한 바다다!"

토끼는 이리저리 신나게 다니다가 한 곳에 딱 멈춰 섰
습니다.

"어! 저게 뭐야?"

갯벌에 도요새 한 마리가 머리를 개펄에 박고 날개를
퍼드덕거렸습니다. 토끼는 신기해서 가까이 가 보았습니
다. 개펄에 커다란 조개가 도요새를 꽉 물고 있고 도요새

는 주둥이를
조개한테 물
린 채 퍼덕거
렸습니다.

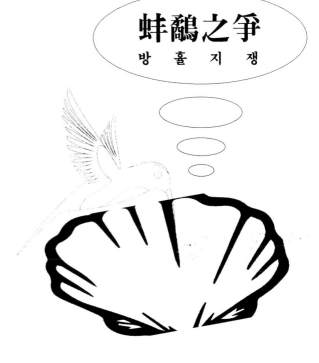

蚌鷸之爭
방 휼 지 쟁

"저게 뭐
야? 조개하
고 도요새하
고 싸우잖
아?"

토끼가 싸
움 구경을 하

는 동안 거북이가 개펄에 기다란 발자국을 그리며 다가왔습니다.

"토끼야. 뭘 하느냐?"

토끼가 대답했습니다.

"아저씨, 저것 좀 보세요."

"뭐냐?"

"조개가 도요새를 물고 놓아주지 않아요."

"흐흐흐, 볼만 하구나. 도요새 녀석 오늘 큰 망신을 당하고 있구나."

"망신이라고요?"

"그래, 조개가 입을 쩍 벌리고 있을 때 도요새가 조갯살을 빼먹으려고 달려들어 속살을 물으니 조개가 입을 딱 다문 거다."

"누가 이길까요?"

"누가 이길 것 같으냐?"

"조개가 이길 것 같은데요."

"그렇게 생각되느냐?"

"네. 아저씨."

"둘 다 아무도 못 이긴다. 저렇게 조개가 도요새를 물고 조개를 먹으려다 물린 도요새가 싸움질하는 모양을 사자성어로 뭐라는지 아느냐?"

"아저씨. 바닷가에서도 사자성어 타령을 하십니까?"

"너 같은 녀석이 그걸 알면……. 흐흐흐 도요새가 거저 먹으려다가 꼴이 말이 아니구나."

"아저씨는 조개가 도요새하고 싸우는 걸 사자성어로 뭐라는지 아시나요?"

"알지 못하면 묻겠느냐? 질문을 할 때는 답도 확실히 알고 해야 하느니라."

"사자성어로 뭐라고 하나요?"

"저런 걸 방휼지쟁(蚌鷸之爭)이라 하느니라."

"방휼지쟁이라고요?"

"조개방, 도요새 휼, 갈지, 싸울 쟁이다."

"아저씨는 그런 것도 다 아시네요. 방휼지쟁."

"모르는 것 빼고는 다 안다. 저것들이 서로 놓지 않고 싸우다가 지나가는 어부가 보면 어부가 달려가 둘 다 잡아도 싸움은 그치지 않는다. 그럼 누가 재미를 보겠느냐?"

"어부가 한꺼번에 조개도 잡고 도요새도 잡겠네요."

"그렇다. 그럼 어부가 둘 다 잡아서 좋아하겠지?"

"네."

"두 동물이 싸우는 사이 어부가 둘 다 잡는 것을 사자성어로 뭐라고 하겠느냐?"

"그런 것도 사자성어가 있나요?"

"있고말고. 그런 것을 어부지리(漁父之利)라고 하느니라."

"어부지리요?"

"둘이 싸울 때 엉뚱한 사람이 이익을 보는 수가 있다. 그것이 바로 어부지리라는 것이니라."

"아저씨는 정말 별걸 다 아니네요."

"사람들이 싸울 때 어부지리를 하는 사람이 있다. 누군지 아느냐?"

"그런 일도 있어요?"

"사람들도 저 조개나 도요새처럼 싸움이 붙으면 양보를 하지 않는다. 그럴 때 재미 보는 사람이 있단다."

"누군데요?"

"변호사."

"아저씨, 정말 대단하시네요."

"같은 게 아니라 대단하니라. 어린 녀석이 꼭 정저지와 (井底之蛙) 관중지천(管中之天) 꼴이로구나. 흐흐흐흐. 무식한 녀석."

"제가 무식하다고요? 정저지와는 뭐고 관중지천은 또 뭡니까?"

# 우물 속 개구리 같은 녀석

"알고 싶으냐?"

"말씀해 주시지요. 아저씨, 헤헤헤."

"정저지와(井底之蛙)란 우물 속의 개구리처럼 소견이 좁은 사람을 이르는 말이고 관중지천(管中之天)이란 대나무 통 구멍으로 하늘을 보듯이 소견이 매우 좁은 사람을 그렇게 부르느니라."

"그럼 제가 개구리만도 못하다는 말씀인가요?"

"네가 개구리보다 나은 것 같으냐?"

"그런 말씀은 좀 섭섭합니다. 제가 개구리만도 못하다는 말씀은 억지십니다."

"억지? 네가 개구리가 하는 짓을 할 수 있느냐?"

"그따위 개구리하고 저를 비교하십니까?"

"그러면 개구리처럼 물속으로 들어가 헤엄을 쳐 보거라."

"그건 무리한 말씀입니다. 제가 어떻게……."

"개구리는 물 밖에 나가서도 한번 펄떡 뛰면 네가 두세 발 가는 거리를 뛰어간다. 물속에서는 또 얼마나 빠르게 헤엄을 치는지 넌 알지 않느냐? 개구리만도 못한 녀석. 거만하기는 쯔쯔쯔."

토끼는 할 말이 없었습니다. 주먹만 한 개구리라고 우습게보았는데 뛰기도 잘하고 수영도 잘하는 실력이 있다는 걸 생각하니 할 말이 없었습니다. 토끼가 침묵하자 거북이가 물었습니다.

"왜 말이 없느냐?"

"제가 우물 안 개구리만도 못하다는 걸 깨달았습니다."

"다행이다. 다른 녀석들은 이해력이 부족하고 건방져서 개구리를 우습게보지만 개구리가 너하고 비교하면 얼마나 대단하냐?"

이때 바로 앞에서 개구리가 웅크린 채 꼼짝을 못하고 발발 떨고 있었습니다.

"아저씨, 저것 보세요. 개구리가……."

"그렇구나, 개구리가 꼼짝 못하는 걸 보니 뱀을 만난 것 같다."

"개구리가 꼼짝 못할 만큼 뱀이 무서운가요?"

"암, 뱀이 좋아하는 먹잇감은 개구리와 들쥐니라."

"아저씨가 좋아하는 먹잇감도 있나요?"

"많다, 물속에도 수두룩하고 뭍에도 수두룩하다. 세상은 온통 내 먹잇감으로 가득하다."

"아저씨는 저 뱀도 잡아먹을 수 있나요?"

"까불면 가만 두지 않는다. 저렇게 뱀이 개구리를 잡아먹고 내가 약한 동물을 잡아먹는 것을 사자성어로 무어라 하는지 아느냐?"

"또 사자성어입니까?"

"세상에는 모든 사건 사물이 사자성어에 맞는 말이 많다."

"그럼 뱀이 개구리같이 약한 동물을 잡아먹는 걸 뭐라고 하나요?"

"그런 것을 약육강식(弱肉强食)이라고 하는 것이니라. 강한 동물이 약한 동물을 잡아먹는 것을 그렇게 하는 것이니라. 그리 알고 날 따라오너라. 또 좋은 구경을 시켜주마."

"별궁(鼈宮)인가요?"

# 거북이한테 고개 숙인 토끼

"별궁까지 가자면 한참 걸린다. 내가 앞에 갈 테니 넌 뒤를 따라라."

"그건 못합니다, 아저씨. 저는 답답해서 아저씨 걸음으로는 못 갑니다요. 어느 쪽으로 가실는지 방향만 알려주시면 달려가서 아무데서나 한참 자고 있겠습니다."

"이 녀석아, 세상에는 나보다 느린 달팽이도 살아간다. 네가 그렇게 급하게 군다면 나는 널 떼어놓고 지나갈 테다. 그래도 괜찮으냐?"

"그러시면 안 됩니다요."

"등고자비(登高自卑)라는 사자성어가 있느니라."

"그건 또 무슨 말입니까요?"

"아무리 높은 곳을 올라가도 한 걸음부터 시작해야 오를 수 있다는 뜻도 되고……. 에, 에 그리고…….”

“그리고 뭡니까? 아저씨도 제대로 모르는 사자성어가 있는 것 같습니다요. 천리 길도 할 걸음부터라는 말을 그렇게 부르지 않습니까요?”

“녀석, 어디서 그런 말은 배웠느냐? 등고자비라는 말 가운데는 높은 사람일수록 조심하여 낮은 자세로 살아야 한다는 뜻도 있느니라.”

“저 보고 하시는 말씀이지요?”

“그러니라.”

이때 어부가 그물로 고기를 잡고 나서 그물을 아무렇게나 버리는 것이 보였습니다.

“아저씨, 저기 보세요. 어부가 고기잡이를 다 하고 나자 그물을 버리고 갑니다.”

“허허, 득어망전(得魚忘筌)이라더니 저 어부가 바로 그렇구나.”

“득어망전이라고요? 그것

도 사자성어입니까?"

"그렇다. 무슨 뜻인지 알겠느냐?"

"짐작이 갑니다요."

"말해 보거라."

"저 어부가 고기를 잡고 나서 그물을 버린 것을 두고 한 말이 아닙니까요. 토사구팽과 비슷한 말 같습니다요."

"네가 제법이로구나. 토사구팽이라는 말은 잘 알아들었던 것 같다."

"토끼가 그것도 모릅니까요? 다른 것보다 토끼와 관계된 것이라면…… 헤헤헤."

"말 잘했다. 바로 자기가 필요할 때는 부려먹다가 목적을 이룬 다음에는 버리고 배신하는 것을 득어망전이라 하느니라."

"아저씨, 저 사람이 그물을 저렇게 버리고 가면 공해 아닙니까?"

"암, 공해지."

"저걸 보고만 있을 수 있습니까?"

"어떻게 하겠느냐? 너나 나나 약한 동물이니 수수방관(袖手傍觀)할 수밖에 없지 않으냐?"

"수수가 어떻다고요?"

"저렇게 못된 어부를 보고도 뒷짐만 지고 있는 것을 수수방관이라 하느니라."

토끼는 거북이가 점점 훌륭하게 보였습니다. 그래서 함부로 아저씨라고 부르기가 미안했습니다. 그래서 부를 때 이렇게 부르기로 했습니다.

"선생님, 아니 사부님!"

"뭐라고 했느냐?"

"선선, 사사 했습니다요."

"그게 무슨 말이냐?"

"느림보라고 깔보고 아저씨라고 불렀는데 점점 유식한 거북이라고 생각되어 아저씨 소리가 안 나옵니다. 선생님 같기도 하고 사부님 같기도 하고……."

거북이가 크게 웃었습니다.

"하하하, 네가 점점 이상해지고 있구나. 그냥 느림보 거북아 하고 불러라. 알겠느냐?"

"아아, 아닙니다요. 이렇게 자기 실수를 깨닫고 고치는 것을 사자성어로는 뭐라고 합니까요?"

"하하하, 그런 것을 개과천선(改過遷善)이라고 해도 무리는 아닐 것이니라."

"개과천선이 무슨 말입니까요? 사부……."

# 존경심은 왜 생길까?

"개과천선이란 지금 너처럼 잘못을 깨닫고 새 사람이 되어 그 동안 했던 나쁜 짓에서 손을 떼고 바른 길을 가는 것이니라."

토끼는 거북이가 세상에 모르는 것이 없는 것 같고 함부로 대해서는 안 될 상대같이 훌륭하게 느껴졌습니다.

"사부님, 제가 거북아, 거북아 하다가 아저씨라고 부른 것을 용서받고 싶습니다요."

"왜 갑자기 그런 생각을 했느냐?"

"그냥 사부님이라고 부르고 싶어졌습니다요."

"허허, 네가 그러면 내가 더 서운한 맘이 드는구나."

"사부님, 제가 어렸을 때 할아버지한테 들은 말씀이 생각납니다."

"무슨 말씀이냐?"

"경이원지(敬而遠之)라는 말씀이었습니다."

"경이원지라? 허허허."

토끼는 거북이가 왜 웃는지 알 수가 없었습니다.

"왜 웃으십니까?"

"너와 나 사이에는 그런 말이 어울리지 않아서 웃는다."

"그 말이 무슨 뜻이옵니까?"

"글쎄다. 아직은 그런 뜻을 설명해 주고 싶지 않구나."

"사부님, 참 이상합니다요."

"무엇이?"

"제가 사부님이라고 부르게 된 것도 누가 그렇게 해라 하고 가르친 말이 아니지 않습니까? 제 속에서 그런 마음이 들어서 사부님이라고 부르고 싶어졌습니다요."

"허허허, 네가 토끼가 아니라 사람이 되었더라면 훌륭한 사람이 되었을 것이다."

"그런 말씀 마십시오. 저는 사람은 되고 싶지 않습니다."

"그건 또 무슨 말이냐? 세상에서 가장 강하고 뛰어난 존재가 사람이 아니더냐?"

"아무리 그래도 사람은 싫습니다요. 토끼로 태어난 것이 만족스럽습니다요."

"왜 사람이 싫으냐?"

"사람들은 형제끼리도 싸우고 같은 자리에서 하하 웃으

면서도 엉뚱한 생각으로 상대를 쓰러뜨리려고 하기도 하고 어른들 싸움에 아이들이 희생당하는 것도 보았기 때문입니다요."

"네가 지금 한 말이 사자성어로 하면 어떻게 되는지 알겠느냐?"

"모릅니다요. 그런 것도 사자성어로 된 말이 있습니까요?"

"있다말다. 네가 한 말 중에 사람들이 형제끼리도 싸우는 것을 골육상쟁(骨肉相爭)이라 하는 것이고 한 자리에 앉아 하하 웃으면서도 엉뚱한 생각으로 상대를 쓰러뜨리려는 다른 생각을 하는 것을 동상이몽(同床異夢)이라고 하며 어른들 싸움에 아이들이 희생당하는 것을 경전하사(鯨戰蝦死)라고 하느니라. 즉 고래 싸움에 새우가 등 터져 죽는다는 말이니라."

"그런 말이 사자성어로 된 것입니까요?"

"그러니라. 네가 토끼로 태어난 것이 자랑스럽다고 한 말도 그런 것만 보았기 때문이니라."

"맞습니다요. 사람들이 그렇게 살지 않는다면 그런 사자성어도 생겨나지 않았을 것입니다. 그렇지 않습니까 사부님."

"사람이 악한 것 같아도 좋은 사람도 많이 있느니라. 그래서 사자성어로 관포지교(管鮑之交)라는 말도 있느니라."

"관포지교가 무슨 말씀입니까요?"

# 친구란 어떤 사이를 말하느냐?

"관포지교란 서로 깊이 이해하고 사랑하는 우정을 말하는데 그 말이 생긴 내력을 이야기하자면 매우 길다. 그래도 듣겠느냐?"

"말씀만 하십시오. 사부님. 세상에서 가장 큰 귀를 가지고 사는 제가 그걸 못 듣겠습니까요? 헤헤헤."

"귀만 크면 뭘 하겠느냐. 생각이 급하고 스무 살도 못 살고 귀 값도 못하고 죽는 네가 아니냐. 그래도 다 듣겠느냐?"

"사부님, 그렇게 말씀하시면 섭섭합니다요."

"알았느니라. 옛날 중국에 관중(管仲)과 포숙(鮑叔)이라

는 친구가 있었다. 절친한 죽마고우였느니라. 어려서부터 포숙아(鮑叔牙)는 관중의 범상(凡常)치 않은 재능을 알아보았으며, 관중은 포숙아를 이해하고 불평 한 마디 없이 사이좋게 지냈다. 두 사람은 벼슬길에 올랐으나 본의 아니게 정치 싸움에 휘말려 적이 되었다. 규의 아우 소백(小白)은 제(齊)나라의 새 군주가 되어 환공(桓公)이라 자칭하고, 형 규(糾)를 죽이고 그 측근이었던 관중마저 죽이려 했다. 그때 포숙아가 환공에게 진지하게 말했다.

'관중의 재능은 저보다 몇 갑절 낫습니다. 제나라만 다스리는 것으로 만족하신다면 신으로도 충분합니다. 그러나 천하를 다스리고자 하신다면 관중을 크게 쓰셔야 하옵니다.'

그 말에 환공은 포숙아의 뜻을 받아들여 관중의 지위를 높여주고 나라 정치를 맡겼다. 높은 벼슬에 오른 관중은 기대에 어긋나지 않게 능력을 발휘해 환공으로 하여금 춘추(春秋)의 왕이 되게 하였다. 크게 성공한 관중은 포숙에 대한 고마운 마음을 다음과 같이 말했다.

'내가 젊고 가난했을 때 포숙과 사업을 하면서 언제나 그 사람보다 내가 더 많은 이익을 가져갔다. 그래도 포숙은 나한테 욕심쟁이라고 하지 않았다. 그는 내가 가난한

것을 알고 있기 때문이었다. 나는 또 몇 번씩 벼슬에 나갔으나 그때마다 쫓겨났다. 그래도 그는 나를 무능하다고 비난하지 않았다. 내게 아직 때가 안 왔다고 생각한 것이다. 싸움터에서 도망쳐 온 적도 있었으나 그는 나를 겁쟁이라고 하지 않았다. 나에게 늙은 어머니가 계시기 때문이라고 생각한 것이다. 규가 후계자 싸움에서 패하여 동료 소홀(召忽)은 싸움에서 죽고 나는 묶이는 치욕을 당했지만 그는 나를 비겁하다고 비웃지 않았다. 내가 작은 일에 부끄러워하기보다 이름을 천하에 알리지 못함을 부끄러워 한다는 것을 알고 있기 때문이었다. 나를 낳아준 분은 부모님이지만 나를 진짜로 알아준 사람은 포숙이다.' 이렇게 말했느니라. 그만한 우정을 보았느냐?"

"참 훌륭한 친구였던 것 같습니다요. 사무님은 어찌 그런 것도 다 알고 계십니까요?"

"내가 어렸을 때 듣고 본 것이 한두 가지가 아니니라."

"사부님이 정말 그렇게 오래 사셨습니까?"

"오백 하고도 일흔 여섯 살이니라. 감히 내 나이를 묻다
니 하하하."

"사부님은 어떻게 그리 오래 사십니까요?"

"가르쳐 주랴?"

"예, 가르쳐 주시고 죽
마고우라는 말씀도 하셨
는데 그 말은 무슨 뜻인가
도 알려주십시오."

"어떻게 죽마고우(竹馬
故友)라는 말도 알아들었
느냐?"

"다 큰 귀 덕분입니다요,
헤헤헤."

# 대나무 말 타고 놀던 친구 사이

거북이가 느릿느릿 기어가며 늘어지게 대답했습니다.

"죽마고우라는 말은 어려서 대나무로 만든 죽마를 타고 놀던 옛 친구라는 뜻으로 대나무죽(竹) 말마(馬) 옛고(故) 벗우(友)로 되어 있지만 재미있는 유래도 있느니라."

"친한 친구라는 뜻만 있는 게 아닙니까요?"

"중국 진(晉)나라에 은호라는 사람이 있었는데 젊어서는 노자(老子)와 역경(易經)도 즐겨 읽었다고 한다. 당시 그의 친구 환온이 촉(蜀)나라를 치고 돌아와 세력을 키우고 있던 터라 그 세력을 누르려는 왕 간문제(簡文帝)가 환온과 친한 은호에게 건무장군이라는 높은 벼슬을 내려 환온과 힘겨루기를 하게 만들었다. 친하던 두 사람이 반목하게 되자 왕희지(王羲之)가 나서서 둘의 화해를 주선했지만 은호가 거절하여 뜻을 이루지 못했다고 한다. 이 무렵 호족(胡族)간에 내분이 일어나게 되고 진나라는 이 기회를 이용하여서 중원을 정복하려고 은호를 대장으로 하여 전쟁터에 나가게 했다. 하지만 출병을 앞두고 은호가 말에서 떨어져 제대로 싸워 보지도 못하고 대패하여 변방으로 귀양을 가게 되었다. 그 후에 환온이 비웃는 말로 '은호는 어려서부터 나와 죽마를 타고 놀던 친구였다. 그러나 내가 죽마를 버리면 언제나 은호가 가지고 갔다. 그러니 그가 내 밑에 있는 것은 당연하지 않은가.' 하고 친한 사이이면서 약간 깔보는 듯한 의미가 있는 말을 했다고 하는 유래가 있느니라."

"재미있는 이야기 잘 알겠습니다요."

"네가 또 물어본 말이 있지?"

"네, 사부님. 거북이는 어떻게 하여 수백 년씩 사는지 그 점이 궁금합니다요. 헤헤헤."

"네가 보기에 내가 다 죽게 된 늙은 거북으로 보이느냐?"

"아닙니다요, 아직도 팔팔하십니다요. 헤헤헤."

"팔팔하다니, 내가 너처럼 팔딱팔딱 뛴다는 말이냐?"

"토끼들은 깡충깡충 뜁니다요. 헤헤헤."

"거북이가 느릿느릿 다니는 것이 답답하다고 했지 않으냐?"

"네, 약간은 좀…… 헤헤헤."

"거북이가 오래 살고 너 같은 토끼가 왜 오래 살지 못하는지 그 이유를 설명해 주마."

# 빨리 움직이면 빨리 죽느니라

거북이는 느릿느릿 배를 끌고 발을 떼어 놓으며 말했습니다.

"모든 동물은 태어날 때 먹을 양식과 나이를 배급받고 태어나느니라. 그런데 동물마다 생김새가 다르고 사는 모양이 다 다르다 보니 빨리 죽는 것이 있고 늦게 죽는 것이 있느니라."

"사부님, 그게 무슨 말씀입니까요?"

"쉽게 말해 주마. 모든 동물에게는 천 미터의 길이를 주고 끝까지 다 갔으면 끝에서 죽으라고 해 놓았느니라. 너같이 깡충거리는 동물은 천 미터를 이십 년 안에 달려가서 죽는 것이고 나 같은 느림보는 그 끝까지 가는데 오백 년이 넘게 걸리느니라. 그래도 못 알아듣겠느냐?"

"사부님 말씀은 안 맞습니다. 돼지들은 우리에서 먹고 자고 놀기만 하는데 백 년도 못 사는 것을 보았습니다요."

"그래서 말했잖으냐? 동물마다 태어날 때 먹을 것도 정해 주어서 그 먹이를 먼저 다 먹고 나면 죽는 것이고 늦게 먹는 동물은 오래 사느니라. 쉽게 말한다면 돼지는 너무 빨리 먹어서 배정받은 먹이를 다 먹어치우고 일찍 죽는 것이고 학같이 조금 먹고 하늘에서도 여유 있게 모양을 내며 천천히 나는 습관을 가진 동물은 오래 산다는 말이니라."

"헤헤헤, 사부님 억지로 찍어 붙이지 마십시오. 과학적으로 증명된 자료가 있습니까?"

"이 녀석아, 과학만 의지하다가는 너나 나, 사람까지도 한 순간에 멸망하느니라. 내가 억지로 말을 만들었다고 하자. 그것을 사자성어로 뭐라고 하는지 아느냐?"

"또 사자성어입니까?"

"배워서 남 주느냐? 사자성어로 억지로 찍어 붙여서 하는 것을 무엇이라고 하는지 아느냐 말이니라."

"헤헤헤, 그걸 알면 제가 거북아, 거북아, 하지 않고 사부님이라고 하겠습니까?"

"너 같은 제자 둔 적도 없는데 사부님, 사부님 하니 귀가 간지럽구나. 흐흐흐."

"억지로 말을 뜯어 붙여 자기주장대로 하는 것을 견강부회(牽强附會)라고 하느니라. 내가 한 말이 견강부회 같으냐?"

"제가 뭘 압니까? 과학적으로 증명된 것인지 아닌지

몰라서 해본 소리였습니다요."

"너도 이제 오래 살고 싶으면 천천히 걷는 연습을 하도록 하여라."

"사부님, 이렇게 느린 걸음으로 어디를 언제까지 가실 겁니까요?"

"느리든 빠르든 가면 될 것이 아니냐. 내가 어디로 간다고 했더냐?"

토끼는 갑자기 귀를 쫑긋 세우고 생각했습니다. 어딘가 가는 중이라고 했는데 그게 어딘지 생각이 나지 않았습니다.

"헤헤헤······. 사부님."

"벌써 까먹었느냐? 귀만 크고 생각은 네 꼬리만하구나. 허허허."

"제 흉을 보시는 겁니까요? 왜 하필이면 제 꼬리입니까요?"

"너보다 짧은 꼬리를 가진 동물이 어디 있느냐?"

"코끼리도 코만 길고 꼬리는······. 헤헤헤."

"왜 웃느냐?"

"그게 가느다랗기는 하지만 제 꼬리보다 깁니다요."

"그렇게 생각한다니 됐다. 사람 가운데는 너 자신을 알라고 한 철학자도 있었느니라. 하지만 너야말로 자신을 알았으니 사람보다 낫구나. 허허허."

거북이는 그 느린 걸음으로 느릿느릿 바닷물이 파고 든 크고 깊은 산속으로 들어갔습니다. 아주 높은 산이 구름 위에 머리를 묻고 큰 바위와 고목이 무성한 계곡에는 바닷물마저도 숨을 죽이고 가만가만 물결을 일렁이고 있었습니다.

토끼는 산속에서 나고 자랐지만 이렇게 웅장한 바위와 고목과 높은 산이 있고 그 아래 바닷물까지 차 있는 풍경은 본 적이 없어서 어리둥절하여 물었습니다.

"사부님, 여기가 어딥니까요?"

"내가 온다고 한 목적지가 가까워지고 있느니라. 거기가 어디라고 했더냐?"

"생각이 나지 않습니다요. 사부님."

"더 들어가 보면 알 것이니라. 이제 너는 세상에서 보지 못한 별궁(鼈宮)을 구경하게 될 것이니라."

거북이는 목을 쏙 내밀고 토끼한테 찡긋해 보이고 계속 앞으로만 갔습니다.

# 동굴 속의 임금님

거북이는 더 느린 걸음으로 커다란 바위틈으로 들어갔습니다. 바위 사이는 들어갈수록 굴 안이 넓어지고 어디서 비치는지 알 수 없는 환한 빛이 앞을 밝혔습니다.

토끼는 어리둥절하여 귀를 바짝 세우고 거북이 뒤를 따랐습니다. 그렇게 가는 동안 거북이도 토끼도 입을 열지 않았습니다. 앞에서 무엇인가 번쩍하더니 갑자기 사방에서 거북이 떼들이 우르르 몰려들었습니다.

깜짝 놀란 토끼는 달아나려고 돌아섰습니다. 그러나 어느새 왔는지 뒤에 거북이 떼가 즐비하게 따르고 있었습니다.

'이크! 내가 거북이한테 속아서 함정에 빠진 것 같다. 으으으 무서워, 이를 어쩌면 좋아!'

토끼는 겁이 나서 발발 떨었습니다. 그러나 앞에 가는 거북이는 모르는 듯 아무 소리도 하지 않고 천천히 앞으로만 갔습니다. 사방 벽이 은빛으로 빛나고 어디서인지 은은한 향기가 흘러왔습니다. 향기에 기분이 좋아지고 마치 하늘을 나는 기분이었습니다. 그러나 마음은 편치 않고 갑자기 할아버지한테 들은 이야기가 떠올랐습니다.

'옛날에 용궁에 사는 용왕님이 병이 들어 고치지 못하고 있을 때 토끼 간을 먹어야 낫는다고 하여 끌려들었다가 꾀를 내어 살아났다는 이야기가 있는데⋯⋯. 내가 바로 거북이들한테 잡혀 약으로 쓰이는 건 아닐까?'

토끼는 이 함정에서 어떻게 벗어날 수 있을까 꾀를 짜내고 있었습니다.

'할 수 없어, 나도 거북이가 간을 달라고 하면 간을 빼서 햇볕에 말려두고 왔다고 할 수밖에 없어. 이 늙은 거북이를 따라온 게 실수였어. 아아, 내가 왜 이런 실수를 했을까.'

토끼는 달아날 구멍이 있나 두리번거렸지만 점점 깊어
가는 거북이 굴은 들어온 길밖에는 나갈 길이 없었습니
다. 그런데 뒤에는 크고 작은 거북이들이 군대처럼 줄줄
이 따르고 있어서 달아날 생각을 할 수도 없었습니다.

이때 앞에서 매우 큰 거북이들이 군대처럼 줄을 서서
뚜벅뚜벅 다가오고 앞에 가는 거북이는 거만하게 목을 쑥
빼고 두리번거렸습니다. 토끼는 점점 불안했습니다.

'웬 거북이가 이렇게 많은가. 마치 군대 같구나. 저것들
이 나를 공격하면 어쩌지?'

앞에 줄을 서서 오던 거북이들이 양쪽으로 쫙 갈라서더니 모두가 앞발을 높이 들고 일어섰다가 큰절을 했습니다. 그리고 가장 큰 거북이가 아뢰었습니다.

"전하! 어찌 이리 늦으시옵니까?"

토끼는 깜짝 놀라 귀를 반짝 세웠습니다.

'전하라고? 어디서 들어본 소린데, 사람들이 임금님한테 전하, 전하 하는 걸 들었어……. 이 늙은 거북이가 전하라고?'

이때 오렌지색을 띤 고운 암 거북이가 앞으로 나서며 예쁜 목소리로 물었습니다.

"아바마마, 왜 이리 늦으셨어요?"

거북이가 점잖게 받았습니다.

"세상 구경이 재미있어서 늦었다. 그간 별일은 없었느냐?"

앞에 줄을 선 거북이들과 뒤따르던 거북이들이 한 목소리로 대답했습니다.

"예이, 전하!"

오렌지 거북이가 물었습니다.

"아바마마, 저 귀가 너풀거리는 동물은 무엇입니까?"

"내가 세상을 돌아다니다가 친구로 삼고 데려왔느니라.

모두들 들거라."

왕거북이가 토끼를 소개했습니다.

"내가 세상에 나가서 가장 예쁘고 하얗고 귀여운 친구를 만나서 재미있게 놀다가 데리고 왔느니라. 모두 인사드려라."

"예이, 마마."

앞뒤에 우글거리는 거북이들이 모두 빨간 배를 내놓고 앞발을 들었다 내리며 인사를 했습니다.

"토끼님, 어서 오십시오. 환영합니다."

토끼는 앞을 향해 절을 하고 뒤로 돌아서서도 절을 했습니다. 머리를 숙이자 너풀거리는 귀가 축 늘어져 바닥에 닿았습니다. 그 사이에 새끼 거북이가 깜짝 놀라 귀를 잡고 매달렸습니다. 토끼가 고개를 들자 거북이가 한쪽 귀에 대롱거렸습니다. 그것을 본 거북이들이 와아 하고 웃어댔습니다.

토끼는 다시 귀를 땅에 대고 새끼거북이를 내려놓고 임금거북이를 보았습니다.

"전하 죄송합니다."

왕거북이가 크게 웃으며 대답했습니다.

"하하하, 너도 나를 전하라고 하느냐?"

"전하……."

"너하고 나는 친구가 아니냐. 거북아, 거북아 하라."

토끼는 감히 거북아 하고 부를 용기가 나지 않았습니다.

"아니옵니다. 전하."

"허허, 너하고 나는 누가 먼저 산꼭대기까지 가나 시합

도 한 사이였느니라. 네가 나를 거북아 하고 부를 때가 좋

았느니라."

"전하. 그때는 누구신지 몰라서 그랬지만 이제는 아니옵

니다."

"그럼 아저씨라고 불러라."

"감히 아저씨라고 할 수도 없습니다."

"그럼 선생, 아니 사부라고 불러라."

"그것도 아니 되옵니다."

토끼는 거북이가 정말 임금님으로 보였습니다. 그래서 함부로 말할 수가 없었습니다.

"그렇다면 네 편한 대로 불러라. 나는 네가 신하로 보이지 않으니 그리 알라."

왕거북이는 많은 거북이들이 양쪽으로 늘어선 가운데를 토끼를 데리고 전처럼 느릿느릿 기어가고 모든 거북이들은 그 뒤를 따랐습니다. 거북이들이 만들어 놓은 궁전은 으리으리했습니다. 한 곳에 높은 황금바위가 있고 그 위에 황금 가루를 깔아놓았습니다. 그 위에 왕거북이 올랐습니다.

"토끼도 내 곁에 앉거라."

토끼는 감히 거기 오를 엄두가 나지 않았습니다.

"전하, 저는 여기가 좋습니다."

"거기가 무엇이 좋으냐? 질퍽한 땅에 그러고 있으면 백설같이 깨끗한 털이 더럽혀지느니라. 내 곁으로 오르라."

토끼는 조심스럽게 왕거북이 옆으로 갔습니다. 그 곁에서 오렌지 빛 거북이가 예쁜 입으로 말했습니다.

# 속 다르고 겉 다르고

왕거북이가 사방에 즐비한 거북이들을 둘러보며 입을 열었습니다.

"들거라. 내가 자리를 비운 동안 서로 싸웠거나 미워하여 나한테 고하겠다고 별렀던 백성이 있으면 나와서 고하라."

한참 동안을 기다렸지만 아무 소리도 들리지 않았습니다. 얼마의 시간이 지나자 곁에 등딱지가 왕거북이 만큼이나 큰 거북이가 엉금엉금 기어 나와 말했습니다.

"거북이나라 백성은 원체 느려서 싸우거나 누구를 시기할 줄을 모릅니다. 화가 났다가도 상대를 공격하려고 가다가 시간이 오래 걸려서 왜 화를 내고 왔는지 잊어버리고 맙니다. 그래서 싸움이 없습니다."

왕거북이가 말했습니다.

"총리 거북의 말이 맞도다. 우리 거북이들이 느린 것은 하늘이 내린 복이니라. 세상을 둘러보니 사람들이 어찌나 영특한지 하늘을 제비보다 빠르게 날아다니고 땅에는 바퀴 달린 기계를 만들어 토끼보다 빠르게 내달리고 문화라는 것을 꾸미고 산다. 하지만 저희끼리 싸우고 동물은 동물끼리 물고 뜯고 피를 흘리고 앙숙으로 지내는 것을 보았느니라."

총리 거북이가 말했습니다.

"전하, 세상이 그렇게 달라졌사옵니까? 그간 보고 느끼신 일들을 들려주시지요."

"알았도다. 내가 세상을 둘러보는 가운데 두 가지 재미있는 것을 보았느니라. 첫째는 우리처럼 겉이 강하게 딱딱하고 속이 연한 것과 반대로 겉은 강하고 딱딱한데 속은 부드럽고 연한 것을 보았는데 이를 사자숙어로 무어라 하느냐? 아는 거북은 앞으로 나오라."

한참 동안 기다려도 아무도 대답하는 거북이가 없었습니다. 곁에 있던 오렌지 공주 거북이가 예쁜 목소리로

말했습니다.

"아바마마, 그런 게 어디 있습니까?"

왕거북이가 사랑이 가득한 눈으로 오렌지 거북을 보고 말했습니다.

"내가 공주한테 묻지 않았느니라. 대답을 기다려 보다가 아무도 대답하지 않을 때 네가 해 보아라."

총리거북이가 목을 쑥 빼고 두리번거리다가 한 거북이를 가리키며 명령했습니다.

"전하가 하명하신 말씀에 누가 답하겠는가? 교육부 장관이 말해 보시오."

교육부 장관이라는 거북이가 한 마디 했습니다.

"껍데기가 우리처럼 딱딱하고 속이 흐물흐물한 동물은 민물에 우렁이가 있고 바다에는 소라가 있습니다."

왕거북이가 웃으며 대답했습니다.

"허허허, 그 말도 일리가 있느니라. 그러하면 반대로 껍데기는 부드러운데 속이 강한 것은 무엇이 있는지 총리가 말해 보시오."

총리거북이 한참 동안 우물쭈물하다가 대답했습니다.

"동물 중에는 그런 것이 없고 식물 가운데 복숭아나 살구는 겉이 연한데 속이 딱딱한 걸 보았습니다."

왕거북이가 더 크게 웃었습니다.

"하하하, 두 거북이 말이 다 맞도다. 그럼 다시 묻겠노라. 우렁이나 소라같이 겉은 딱딱하고 강한데 속이 부드러운 것을 사자성어로 무어라 하는지 저기 고등학교 선생이 대답해 보아라."

外柔內剛
외 유 내 강

등딱지가 반드르르하고 초록빛 나는 거북이가 대답했습니다.

"그렇게 속은 부드러우면서 겉이 강한 것을 내유외강(內柔外剛)이라 하옵니다."

왕거북이가 흡족한 얼굴로 일렀습니다.

"다들 들었느냐? 겉은 강하면서도 속은 부드럽고 착한 것을 내유외강이라 하느니라. 다음은 반대로 겉은 부드러우나 속이 강한 것을 무엇이라 하느냐?"

한참을 기다려도 대답하는 거북이가 없었습니다. 오렌지

공주거북이 나섰습니다.

"아바마마, 제가 대답해도 괜찮아요?"

왕거북이가 토끼를 돌아보고 싱긋이 웃었습니다.

"어떠냐? 세상에서 가장 빠르고 똑똑한 네가 대답해 보지 않겠느냐?"

토끼는 세상에서는 보지 못한 오렌지색 예쁜 공주거북이한테 홀려서 아무 생각도 안 났습니다.

"네, 전하. 저는……."

왕거북이가 물었습니다.

"모르겠다는 것이냐 대답을 안 하겠다는 것이냐?"

토끼는 겨우 이렇게 대답했습니다.

"그 대답은 공주님이 하시는 것이 좋겠습니다요."

"정 그러하다면 공주한테 들어볼까?"

오렌지 공주거북이 귀엽고 낭랑한 소리로 대답했습니다.

"이 말씀은 아바마마가 저 어렸을 때 들려주신 말씀입니다. 겉으로는 부드럽고 착하게 살아도 속까지 그래서는 안 되느니라. 그러므로 외유내강(外柔內剛)해야 신하를 거느리고 이웃과 친할 수 있느니라고 하신 말씀을 기억하고 있사옵니다. 아바마마."

토끼는 그제야 토끼들의 세계에서 듣지도 보지도 못한

두 사자성어가 어떤 것인가를 깨달았습니다. 그래서 속으로 생각했습니다.

'느림보 거북이들이 무거운 딱지를 지고 다니는 것이 불편하고 천해 보여서 무시했는데 사람보다, 우리 토끼보다 호랑이, 아니 여우, 원숭이, 다람쥐, 곰보다 훌륭하다. 모든 것을 다 아는 것 같은데도 모르는 것처럼 자랑하지 않고 느릿느릿 세상에서 가장 오래 사는 동물이 아닌가.'

왕거북이가 생각에 잠긴 토끼를 보고 물었습니다.

"토끼는 무슨 생각을 그리 하느냐?"

# 겉 부자 속 거지

토끼가 얼결에 대답했습니다.

"아, 아무것도 아닙니다."

"네가 무슨 생각을 하는지 내가 말해 볼까?"

"……."

왕거북이 빙긋이 웃으며 말했습니다.

"네가 꽃보다 아름다운 공주를 보고 마음이 어지러워졌구나?"

"아닙니다. 임금님."

"하하하, 네 입에서 임금님 소리가 나오다니. 무슨 엉뚱한 생각을 하다가 들킨 것이 아니냐?"

토끼가 얼굴이 빨개졌습니다.

"아닙니다. 임금님."

왕거북이가 곁에 있는 예쁜 오렌지 공주거북이한테 말했습니다.

"귀옥아, 네가 저 토끼를 시험해 보거라."

귀옥이라고 불린 오렌지 거북이가 고개를 옴츠렸다가 머리를 들고 대답했습니다.

"아바마마, 제가 무슨 시험을 봅니까."

"내가 너한테 가르쳐 준 사자성어 중에서 아무 것이나 토끼한테 물어보아라."

"그러시오면 한 마디만 토끼님한테 물어 보겠습니다."

그리고 오렌지 귀옥이라는 거북이가 토끼를 바라보았습니다. 그 눈이 얼마나 예쁜지 거북이는 그 파란 눈에 넋이 나갔습니다. 오렌지 공주거북 귀옥이 물었습니다.

"하얀 토끼님, 외부내빈(外富內貧)과 반대되는 사자성어를 말씀해 보실래요?"

토끼는 아무것도 생각나지 않았습니다.

"귀옥님, 저는 아무것도 배운 게 없습니다."

"제가 말한 외부내빈이란 겉으로는 부자인 척하지만 속은 텅텅 빈 빈털터리를 말하는 거예요. 그 반대되는 말은 무슨 말이 있을까요?"

토끼는 체면상 모르는 척할 수가 없어서 대답했습니다.

"겉은 부자고 속은 가난하다고 한다면 그 반대는 겉은 가난해 보여도 속이 부자라는 말이 되지 않겠습니까?"

"바로 말씀했어요. 그 말을 사자성어로 대답해 보세요."

토끼는 더 이상 몰라서 얼굴이 더 빨개졌습니다. 왕거북이가 토끼를 넌지시 바라보며 웃었습니다.

"네가 세상에서는 나를 보고 사부라고 했지만 내가 너한테 아무것도 가르친 것이 없었도다. 공주가 토끼 대신 대답해 보아라."

"네, 아바마마, 속으로는 알부자이면서 겉모습은 가난한 것을 내부외빈(內富外貧)이라 하옵니다."

왕거북이 토끼한테 물었습니다.

"공주가 하는 말을 다 들었느냐?"

"예, 임금님."

"그러면 사자성어로 두 가지를 말해 보거라."

"하나는 내부외빈이고 하나는……."

토끼는 기다란 귀를 잡아당기고 다음 말을 잇지 못했습니다. 왕거북이 꾸짖듯 말했습니다.

"허허허. 세상에서는 잘난 체 까불어대던 녀석이 기억력은 나쁜가 보구나. 겉은 부자인 체, 잘난 체하면서 속이 빈털터리에 아는 것이 없는 것을 뭐라고 했느냐?"

"외외, 외……."

"어찌하여 외 소리만 하느냐? 외부 다음은?"

"……."

왕거북이 눈길을 공주 귀옥 거북이한테 돌렸습니다.

"공주가 다시 말해 보거라."

"예, 아바마아. 외부내빈옵니다."

왕거북이 다짐하듯 말했습니다.

"토끼, 잘 들었느냐? 사자성어로 알겠느냐?"

"예, 임금님."

"너하고 장바닥을 돌아다닐 때 네가 깔깔거리고 웃던 생각이 나서 묻는다. 어느 고깃간에서 양 머리를 걸어놓고 손님이 오면 개고기를 속여서 파는 것을 보지 않았더냐?"

"예, 생각이 납니다요, 임금님."

"그것을 사자성어로 뭐라고 했더냐?"

"그런 것도 사자성어가 있습니까요?"

"있느니라."

"별걸 다 사자성어로 만들어 놓은 것 같습니다요, 임금님."

內富外貧
내 부 외 빈

왕거북이가 귀옥 공주 거북이한테 물었습니다.

"네가 대신 대답해 보지 않겠느냐?"

오렌지 거북이가 얌전하게 대답했습니다.

# 양머리 걸고 개고기 팔기

"그런 것을 양두구육(羊頭狗肉)이라 하옵니다."

왕거북이 토끼한테 또 물었습니다.

"넌 길에서 옥을 파는 사람이 손님한테 돌을 옥이라고 속이고 파는 사람을 보지 않았더냐?"

"예, 보았습니다."

"그런 것을 사자성어로 무어라 하더냐?"

"……."

토끼가 대답을 못하고 무슨 말로 해야 할까 꾀를 생각하다가 대답했습니다.

"그것은……."

왕거북이가 같은 말을 묻는 말로 반복했습니다.

"그것은?"

"옥에 눈이 멀면 돌도 옥으로 보인다는 말이 아니옵니까, 임금님."

"허허허, 무식하기는 해도 말재간은 있도다. 네 말도 틀리지는 않았다. 돈에 눈이 멀면 무엇이든지 돈으로 보는 어리석은 동물이 있느니라. 누구더냐?"

토끼가 말했습니다.

"우리들이야 금이든 돌이든 따지지 않지만 제가 살던 주인집 아저씨는 돈이 된다면 돌까지도 파는 것을 보았습니다."

"사람 이야기는 이제부터 하지 않도록 하자. 사람한테는 우리가 배워서 쓸 일이 없느니라."

왕거북이가 공주한테 말했습니다.

"저 토끼가 말재간은 있어도 지식은 없는 것 같다. 네가 대신 말하여 보아라."

"예, 아바마마. 옥을 판다고 걸어놓고 손님한테는 돌을 파는 사자성어는 현옥고석(衒玉賈石)이옵니다."

"으음. 토끼는 현옥고석이라는 말을 새겨듣도록 하라. 어떤 일이 있어도 남을 속여서는 안 된다는 말로 받아들여야 할 것이니라. 알겠느냐?"

"예, 임금님."

"토끼는 동굴을 두루 다니며 구경하도록 하라."

"홀홀단신으로 말입니까요. 임금님?"

"그런 말은 어디서 배웠느냐?"

"사람들이 하는 말을 들어서 압니다요. 혼자 돌아다니는 것을 홀홀단신이라고 했습니다요, 임금님."

왕거북이가 껄껄 웃으며 공주거북이한테 일렀습니다.

"토끼한테 바른 사자성어를 설명해 주도록 하여라."

"예, 아바마마. 사람들은 혼자 돌아다닌다고 하여 그렇게 말하는 사람이 많습니다만 홀홀이 아니고 혈혈로, 혈혈단신(孑孑單身)이라고 해야 맞는 말이옵니다."

토끼는 부끄러웠습니다. 무식한 사람들한테 아무렇게나 들은 대로 배운 말을 썼기 때문입니다. 그래서 공주거북이한테 머리를 숙였습니다.

"공주님, 부끄럽습니다."

공주거북이 대답했습니다.

"그렇게 부르지 말고 거북아 하고 불러주세요. 저는 아직 어립니다."

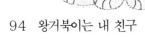

토끼는 공주거북이의 나이는 모르지만 크기가 비슷하고 얼굴이 예뻐서 동생쯤으로 짐작하고 대답했습니다.

"거북아, 거북아 해도 불만이 없겠느냐?"

"거북이가 거북이라고 부르는데 무슨 불만이 있어요. 내가 토끼님 보고 거북아 하고 부르면 좋으시겠어요?"

"알아듣겠다. 그럼 그렇게 하기로 하자."

왕거북이가 오렌지 공주거북이한테 말했습니다.

"토끼가 세상 구경은 다 했지만 별궁 구경은 못했을 것이니 공주가 함께 다니며 별국(鼈國:거북이 나라) 구경을 시켜 주어라."

"예, 분부 따르겠사옵니다."

그리고 토끼를 바라보았습니다. 바라보는 공주거북이는 초록색 등에 새파랗고 맑은 눈에는 행복한 웃음이 가득했습니다.

토끼는 처음부터 예쁘게 본 거북이를 보며 속으로 '거북아, 네 눈은 바다보다 푸르고 맑고 내가 네 눈에 빠질 것만 같다'하고 생각하는데 공주거북이 엉뚱한 말을 했습니다.

"토끼님, 눈같이 하얀 털과 큰 귀가 귀엽고, 맑고 빨간 눈이 참 아름다워요. 그런 눈은 한 번도 본 적이 없어요."

토끼도 마음을 숨기기만 할 수가 없었습니다.

"거북아, 네 파란 눈은 정말 바다보다 아름답다."

공주거북이가 앞을 멀리 바라보며 말했습니다.

"저기 밝은 빛이 비치는 언덕이 보이지요?"

"그래, 해도 달도 아닌 것 같은데 밝은 빛이 참 이상하다."

"그리로 가까이 가 봐요."

공주거북이는 말을 마치고 아주 느릿느릿 앞에서 걸었습니다. 그 뒤를 따르자니 토끼는 답답해서 견딜 수가 없었습니다.

"난 답답해서 너만 따라갈 수가 없다. 난 먼저 달려가서 저 빛이 비치는 아래 가서 기다리겠다. 어떠냐?"

"그렇게 하셔도 좋지만……."

"무슨 할 말이라도 있느냐?"

"서둘러 가지 말고 제 설명을 들으면서 구경하면 금상첨화(錦上添花)일 거예요."

"그건 또 사자성어가 아니냐?"

"그렇지요. 좋은 일 위에 또

좋은 일이 겹칠 때 쓰는 말이에요."

토끼가 불만스럽게 물었습니다.

"그게 무슨 뜻이냐?"

"저하고 천천히 걸어가면서 모르는 것을 설명 들으면 더 좋다는 말이지요. 쉽게 말하면 고운 비단 위에 꽃을 얹어 놓은 것처럼 아름답다는 말이에요."

토끼는 조그마한 거북이한테 질투심도 생기고 모르는 것이 너무 많아 부끄럽기도 했습니다. 그러나 작고 납작한 것한테 질 수는 없다고 생각하고 무엇으로 뽐낼 것이 있나 궁리해 보았습니다.

그러나 할 수 있는 것이 있다면 거북이보다 백배는 빠르게 달릴 수 있다는 것뿐이었습니다. 그래서 한 마디 했습니다.

# 물방울이 뚫은 바위 구멍

"거북아, 저 불빛이 비치는 데까지 누가 먼저 가나 경주
해 볼래?"

공주거북이 엉뚱한 대답을 했습니다.

"사람들은 빨리 달리기 경기는 좋아하면서 누가 더 느리
게 가는지는 겨루어 보지 않는 것도 이상하지 않아요? 빨
리 가는 것과 느리게 가는 경기도 재미있지 않을까요?"

"그걸 무슨 재미로 하겠냐?"

"빨리 가기만 하지 말고 느리게 가기를 하는 것도 의미
가 있어요. 제가 문제 하나 내 볼게요. 답을 맞히시면 빨
리 가기 경기를 하고 못 맞히면 느리게 가기 경기를 하기
로 해요."

"좋아, 무엇이든 물어 봐라."

"저기를 보세요."

바라보니 한쪽 구석에 거북이들이 줄을 서서 무엇인가 기다리고 있었습니다. 다가가 자세히 보았습니다. 천장에서 물이 한 바울씩 드문드문 똑 하고 떨어졌습니다. 물방울이 떨어진 자리에 작은 구멍이 뚫려 있고 그 구멍에 물이 차면 맨 앞에 기다리던 거북이가 그 물을 쪼르륵 마시고 돌아가고 다음 거북이가 물방울이 떨어지기를 기다렸습니다. 토끼는 그것을 보기만 해도 답답증이 났습니다.

"아이고, 답답해. 저 물방울이 언제 저 구멍을 채우겠느냐. 아이고, 난 못 기다려."

"물이 떨어져서 차는 것은 아주 빠른 거예요. 저렇게 똑똑 떨어지는 물방울이 단단한 바위에 저런 구멍을 낸 시간을 행각해 보세요. 얼마나 오래 걸렸겠어요."

"저렇게 떨어지는 물방울이 바위에 구멍을 냈다고?"

"그래요, 문제를 내드릴게요."

"문제?"

"물방울이 똑똑 떨어져서 바위에 구멍을 내는 것을 사자 성어로 뭐라고 하지요?"

"그런 사자성어도 있느냐?"

"있어요. 무슨 일이든지 오래오래 참고 해내면 목표를 이룰 수 있다는 뜻의 사자성어가 있어요. 그것을 맞히시 면 달리기 경기를 할게요."

토끼는 상상도 할 수 없었습니다. 저렇게 떨어지는 물방 울이 바위를 뚫어서 작은 구멍 샘이 되었다니 말이나 될 일입니까. 그러나 공주거북이가 낸 문제를 안 풀 수가 없 었습니다. 답을 찾기는 물방울이 바위를 뚫는 것보다 더 어려웠습니다.

"그런 문제 말고 그냥 경기를 하면 안 될까?"

"안 돼요."

"좋아, 네가 답을 말해주면 하자는 대로 할게."

"몸집이 그렇게 크도록 뭘 했어요? 그런 것도 모르고."

"토끼들은 세상에 나면서부터 달리기 공부만 한단다. 헤 헤헤."

"웃으시는 입이 아주 예뻐요. 답을 말해드릴 테니 이제 부터는 누가 더 느리게 가는지 경기를 하는 거예요. 아셨 지요?"

"좋다, 느림보 거북아!"

"똑똑 떨어지는 물방울이 바위를 뚫는다는 사자성어에는 수적천석(水滴穿石)이라는 말과 점적천석(點滴穿石)이라는 말이 있어요."

"그게 무슨 뜻이냐?"

"두 말이 같은 뜻인데 수적천석은 물이 계속 부딪치면 바위를 뚫는다는 말이고 점적천석은 저기 보이는 것처럼 똑똑 떨어지는 물방울이 바위에 계속 떨어져 그 자리에 구멍을 낸다는 뜻이에요."

水滴穿石
수 적 천 석

"넌 누구한테 그런 것까지 배웠느냐?"

"아바마마께서 가르쳐 주셨어요. 이제부터 내 곁에서 누가 더 느리게 가나 경기를 시작하는 거예요."

토끼는 할 수 없이 거북이 곁에서 느리게 가기 경기를 시작했습니다. 거북이는 꼼지락꼼지락 앞으로 기어가면서 커다란 등딱지 꼬리로 땅에다 가느다란 금을 긋고 갔습니다. 토끼는 앞발을 밀고 나가려고 해도 안 되어서 들었다 내리면 거북이 앞에 발이 놓였습니다. 아무리 느리게 걸으려고 해도 안 되어 한 가지 꾀를 냈습니다.

"공주거북아. 아무래도 나는 너를 당할 수가 없다. 그 대신 다른 경기를 하나 하면 어떨까?"

공주거북이 발을 앞으로 살살 내딛으며 물었습니다.

"무슨 문젠데요?"

"네가 사자성어를 아주 많이 아는 것 같은데 내가 문제를 내면 사자성어로 대답해 봐라. 맞히면 그럴 때마다 내가 절을 한 번씩 하고 절을 받으면 너는 한 발짝씩 나가기로."

"좋아요, 무슨 문제든지 내 보세요."

토끼는 머리를 굴렸습니다. 무슨 문제를 내어 사자성어로 대답을 못하게 할까 궁리하다가 한 가지 문제를 냈습니다.

"사람이 좋은 옷을 입고 좋은 음식만 먹고 사는 사람을 부자라고 하는데 그런 말을 사자성어로 해 보아라."

"간단해요. 그런 것을 호의호식(好衣好食)이라고 하지요."

"그럼 허술한 옷을 입고 맛없는 음식만 거지같이 먹는

사람은 무엇이라고 하느냐?"

"그것은……."

대답하다 말고 공주거북이가 물이 찬 바위 구멍에서 물을 마시려다가 뒤에 서 있는 거북이한테 순서를 양보하는 거북이를 바라보느라고 대답을 못했습니다. 토끼가 신이 났습니다.

'그런 말은 사자성어에 없는 모양이지? 히히히……. 쌤통, 히히!'

그런데 공주거북이는 아무렇지도 않게 대답을 했습니다.

"부자가 호의호식하는가 하면 거지는 악의악식(惡衣惡食)을 한다는 말이 있어요."

"엥? 그런 말도 있다고?"

"또 물어보세요."

惡衣惡食
악 의 악 식

"이번에는 모를 거다. 배가 터지게 먹고 좋은 옷을 입고 사는 사람을 사자성어로 뭐라고 하느냐?"

'요런 문제는 모를 거다, 예쁜 거북아. 메롱!'

공주거북이 거침없이 대답했습니다.

"그런 걸 포식난의(飽食暖衣)라고도 하고 옥의옥식(玉衣玉食)이라고도 해요."

"포식난의, 옥의옥식? 한 번도 들어본 소리가 아닌데?"

"무엇이든 또 물어보세요."

그러면서 거북이 한 발을 앞으로 내디뎠습니다. 이렇게 가다가는 빛이 있는 데까지 언제 갈지 짐작도 되지 않았습니다. 공주거북이 또 물어보라고 재촉을 하는데 무엇을 물어볼까 생각이 떠오르지 않았습니다.

'아이고 내 머리야!! 아이고……'

# 칼 빼들고 모기 잡기

토끼는 한 가지 좋은 생각이 났습니다. 세상이 뒤집히는 것을 뭐라고 하는지 물어보면 모를 것이라고 생각했지요.

"공주거북아, 세상이 뒤집히고 크게 변하는 것을 뭐라고 하느냐?"

"그런 말은 우리 조상 대대로 들어온 말입니다. 상전벽해(桑田碧海)라는 말과 창상지변(滄桑之變)이라는 말이 있지요. 어느 날 갑자기 뽕나무밭이 가라앉고 그 자리에 큰 호수가 생겼다는 말로 세상이 몰라보게 변한 것을 말합니다."

"그런 말도 있었더냐? 그럼……"

토끼는 거북이가 대답을 못할 줄 알고 큰소리로 물었지만 허사였습니다. 또 뭔가 물어볼 말이 있다고 생각했는데 갑자기 떠오르지 않았습니다. 그렇다고 저보다 작은 거북이한테 창피하게 어물어물할 수도 없었습니다.

"공주거북아, 사람이나 호랑이가 죽으면 뭐가 남겠느냐?"

토끼는 속으로 헤헤거렸습니다.

'제까짓 게 이것도 대답을 할까? 어림도 없지, 헤헤헤.'

공주거북이가 눈을 깜박거리다가 대답했습니다.

"거북이는 죽으면 빛을 남기고……."

이 말에 토끼가 기가 살아 웃으며 물었습니다.

"거북아. 그런 말도 있느냐?"

"사자성어로는 없지만 이 굴속이 환하게 밝은 것은 5백 년 넘은 장수거북이 죽으면서 남긴 등딱지에서 나는 빛 때문에 밝은 거랍니다."

토끼가 놀라 말했습니다.

"그 빛이 이렇게 밝은 것이라고! 그럼 호랑이나 사람은 죽으면 아무것도 남기는 것이 없단 말이냐?"

"있지요, 호랑이가 죽으면 가죽을 남기고 사람이 죽으면 이름을 남긴다고 했지요."

"그런 건 사자성어로 없단 말이 아니냐?"

"있어요, 호랑이는 죽으면 가죽을 남긴다는 호사유피(虎死留皮)라는 말이 있고 사람이 죽으면 이름을 남긴다는 인사유명(人死留名)이라는 성어가 있습니다."

토끼는 코가 납작해졌습니다. 그러나 거북이를 놀리자면 무슨 말이든 몰라서 쩔쩔 매는 것이 보고 싶어서 이렇게 물었습니다.

"없는 줄 알았더니 그런 말도 있었구나. 그럼 하나 더 물어보자."

"네, 아는 대로 대답해 드릴게요."

"어떤 사람이 어려움을 당하여 고생하고 있는데 그 사람을 더 괴롭히는 나쁜 사람이 있다고 하자. 그런 경우에도 사자성어가 있느냐?"

"있습니다. 설상가상(雪上加霜)이라는 말이 있는데 눈이 내린 위에 서리까지 내린다는 말로 어려움을 당한 위에 더 어려움을 당한다는 말입니다."

토끼는 대답을 꼬박꼬박하는 거북이가 얄미웠습니다.

'주먹만 한 게 대답은 곧잘 하네? 무슨 말을 물어야 모를까?'

見蚊拔劍
견 문 발 검

머리를 굴리다가 한 가지 더 물어볼 것이 생각났습니다.

"모기가 왱왱하고 물러 덤빌 때 칼을 들고 모기를 잡으려 드는 사람이 있다고 치자. 그런 경우에도 맞는 사자성어가 있느냐?"

"있지요. 견문발검(見蚊拔劍)이라는 말인데 하찮은 일에 지나치게 화를 내는 것을 그렇게 말하지요. 그 말뿐 아니라 소 잡는 칼로 닭을 잡는다는 우도할계(牛刀割鷄)라는 말도 있는데 작은 일을 처리하는데 지나치게 일을 크게 벌이는 것을 말합니다."

토끼는 입이 딱 벌어졌습니다. 이 작은 암 거북이가 아는 게 많은 것 같아서였습니다. 그래서 하나만 더 물어보고 말겠다고 생각했습니다.

"아침저녁으로 맘이 변하는 사람을 가리키는 사자성어도 있느냐?"

"네, 조삼모사(朝三暮四)라는 말이 있고 그와 같은 뜻을 가진 조령모개(朝令暮改)라는 말도 있습니다. 아침에는 셋이라고 우기다가 저녁에는 넷이라 하는 것이 조삼모사이고, 아침에 명을 내렸다가 저녁에 바꾸어 버리는 것을 조령모개라고 합니다. 변덕쟁이를 가리키는 말이기도 하지요."

토끼는 기가 찼습니다. 공연히 뽐내다가 망신만 당하는 꼴이 되어 이렇게 물었습니다.

"시작은 멋지게 하고 끝에는 내 꼬리 같은 사자성어도 있느냐?"

"토끼에 대한 사자성어도 있지만 머리는 용처럼 거창하게 꾸미고 꼬리는 뱀 꼬리같이 우습게 된다는 말이 있습니다."

"그게 무슨 말이냐?"

"용두사미(龍頭蛇尾)라고 합니다. 머리는 용이고 꼬리는 뱀이라는 아주 우스운 꼴을 비유의 사자성어지요. 사람이나 동물이나 용두사미가 많지요."

토끼는 창피한 생각이 들었습니다. 그 용두사미라는 말이 바로 토끼 저한테 하는 말 같아서였습니다.

'내가 공주거북이를 너무 우습게 깔보았다. 실수한 것 같아……'

한참 생각하던 토끼가 귀를 내리 접고 겸손하게 말했습니다.

# 효자 까마귀

"거북아, 뭐 하나 더 물어보아도 될까?"

"네, 물어보세요."

"공주거북의 아빠인 왕거북이는 보았는데 엄마 거북이를 못 보았다. 어디를 가셨느냐?"

"어마마님은 제가 어렸을 때……."

공주거북은 말끝을 흐리고 한참 동안 멀리 빛이 밝아오는 곳을 바라보았습니다. 토끼가 재촉했습니다.

"어렸을 때 어떻게 되셨다는 것이냐?"

"제가 백 이십 살 때 어머니는 삼백 살이셨는데 그만……."

토끼는 그 말에 깜짝 놀랐습니다. 어렸을 때가 백 이십 살이라면 지금 몇 살이란 말입니까.

'내가 열두 살인데 나보다 열 배나 많은 나이 때가 어렸을 때라고? 그럼 지금 몇 살이란 말이야? 이백 살? 그렇게 나이가 많은 줄 몰랐네. 내가 감히 반말을 해도 되는가?'

거북이는 나이를 따지느라 잠시 입만 오물거리고 조용

했습니다. 공주거북이가 왜 갑자기 말이 없느냐는 듯 바라보았습니다. 토끼는 마치 죄를 지은 것 같았습니다.

'나하고 비교하면 우리 아빠의 아빠 할아버지의 할아버지들 나이를 합쳐도 안 되는 거 아닌가? 그럼 뭐라고 불러야 해? 공주님, 공주 마마? 할머니 공주? 아아, 날 몰라…….'

토끼가 머리를 가로 젓고 있을 때 거북이가 물었습니다.

"무슨 생각을 머리를 저어가면서 하시나요?"

"아아, 아무것도 아니, 입……."

"입이 아프신가요?"

"아니, 아니, 아니……."

"왜 그러시나요?"

토끼는 대답을 어떻게 해야 할지 몰라서 '아니'라는 말만 거듭하다가 그 자리에 귀를 땅에 대고 엎드렸습니다.

"공주 마마, 용서하여 주십시오."

"왜 갑자기 이러시나요? 일어나

세요."

"아닙니다. 제가 실수를 했습니다."

"실수라니요?"

"저는 올해 열두 살밖에 안 되는 어린 토끼입니다. 그런
데 백 살이 넘은 공주님한테 무례를 했습니다."

"무례가 아닙니다. 토끼님은 토끼님 나라의 나이가 있고
우리 거북이들은 거북이 나이가 있는 것입니다. 나이를
따지시면 안 됩니다."

"그렇지 않습니다. 아무리 토끼와 거북이가 다른 동물이
라 해도 세월 앞에서는 똑같습니다. 임금님 거북은 올해
오백칠십육 세라고 하셨습니다. 그 세월이면 사람으로 계
산해도 조상의 조상, 선조이시고 토끼의 나이로 따지면
천 년도 넘을 나이이십니다."

"그런 생각 말고 조금 전처럼 거북아 하고 불러주세요."

"그럴 수가 없습니다. 공주 마마."

"갑자기 이러시면 친구 같지 않고 쑥스러워집니다. 저도
토끼야 하고 부를 테니 거북아 하고 불러주세요."

토끼는 겉으로는 그러겠다고 하고 싶지만 속으로는 그
럴 수가 없었습니다. 공주거북이가 사자성어를 그렇게 많
이 알고 있고 세상의 모든 것을 알고 있는 것 같은 것만

생각해도 함부로 할 수가 없었습니다.

"저 보고 공주님이라고 하시면 저도 토끼님이라고 부르겠어요."

"그러시면 안 됩니다."

"토끼님은 지금 교언영색(巧言令色)을 하고 있다고 할 거예요."

"예? 교언영색이 뭔데요?"

"아첨하는 말로 거짓을 말하고 상대가 보기 좋게 꾸며서 하는 얼굴을 교언영색이라고 하는 거예요."

"아닙니다. 절대 꾸며서 하는 말이 아닙니다. 이실직고 (以實直告)하는 것입니다."

"호호호, 아무것도 모른다면서 이실직고라는 사자성어는 언제 배우셨나요?"

"모릅니다. 그게 무슨 뜻인지 모르지만 거짓말을 절대 하지 않고 사실대로 말할 때 쓰는 것 같습니다. 토끼들이 자주 쓰는 말로 '거짓말 하지 마!' 할 때 쓰는 말입니다."

공주거북이가 놀란 듯 또 물었습니다.

"그런 말 말고 또 토끼들이 자주 쓰는 말이 무엇이 있나요?"

"어른 토끼들이 새끼 토기를 모아놓고 어려서부터 가르

치는 말이 있습니다. '너희는 반드시 반포지효(反哺之孝)라는 말을 잊어서는 안 된다'고 하시었지만 그게 무슨 말인지 모르고 자랐습니다. 공주님께서 설명해 주시면 고맙겠습니다."

"나도 잘은 모르지만 같은 뜻으로 자오반포(慈烏反哺)라는 말에서 온 것으로 어미 까마귀가 먹이를 물어다 꼭꼭 씹어서 어린 새끼 까마귀 입에다 먹여 키우고 그렇게 자란 까마귀가 다 자란 뒤에는 어미 까마귀가 이빨이 빠져서 먹이를 씹지 못할 때 아들 까마귀가 먹이를 어미가 씹지 않고도 먹을 수 있도록 곱게 씹어서 어미 입에다 넣어준다는 뜻으로 알고 있습니다. 인자한 어미와 효성스런 자식을 두고 하는 말로 알고 있어요. 그래서 까마귀를 효조(孝鳥)라고도 부르지요."

토끼는 그제야 어렸을 때 엄마 토끼가 하던 말이 무슨 뜻인지 깨닫게 되었습니다.

공주거북이 이런 말도 했습니다.

"사람도 어렸을 때는 엄마가 아기 입에다 맛있는 음식을 씹어서 먹여줍니다. 그러나 아이가 자라서 어른이 되고 어른은 늙어서 이빨이 다 빠져도 어머니 입에다 음식을 씹어서 먹여드리는 아들은 보지 못했습니다. 사람들은 까마귀의 효성을 본받아야 합니다."

토끼는 공주가 점점 위엄이 있어 보이고 누나, 아줌마, 엄마, 할머니, 할머니의 할머니, 선생님으로 보이기 시작했습니다. 무엇이든지 물어보면 알 것 같아서 또 물었습니다.

# 굴 셋을 파는 토끼의 지혜

"우리 할아버지가 늘 하시던 말씀이 있었는데 무슨 뜻인지 모르는 말이 있습니다요."

"무슨 말인가요?"

"견리사의(見利思義)라고 했습니다. 토끼들이 꼭 알아야 할 말입니까요?"

"왜 갑자기 거북아, 거북아 하지 않고 존댓말을 쓰시나요?"

"아무리 생각해도 제가 뭘 잘못 알고 있었습니다. 공주님은 아는 것도 많고 예의도 바르시고……."

"별 말씀을 다하시네요. 전처럼 거북아 하고 불러주세요."

"아닙니다. 공주님이라고 부르는 편이 편합니다."

"그럼, 저도 토끼님이라고 불러야겠어요."

그렇게 말하는 공주거북의 눈에는 사랑이 가득했습니다.

"제가 모르는 견리사의라는 말이 무슨 뜻인지나 알려주십시오."

"견리사의란 돈이나 재물을 보면 욕심을 갖기 쉬운데 욕심을 내기 전에 먼저 도리를 생각하라는 사자성어입니다."

"그것도 사자성어입니까?"

"또 물어보고 싶은 사자성어가 있으신가요?"

"예, 저의 아버지는 사필귀정(事必歸正)이라는 말씀을
자주 하셨습니다. 그 뜻은 무엇인지요?"

"사람들이 아주 많이 쓰는 사자성어입니다. 모든 일은
반드시 옳은 쪽으로 돌아간다는 말로 잘못 없이 억울한
누명을 써도 끝내는 누명이 벗겨지고 바른 사실이 밝혀진
다는 말이지요."

"고맙습니다. 할아버지도 아버지도 아주 좋은 말씀을 해
주셨는데 제가 미련하여 뜻을 모른 채 살았습니다."

"그럼 하나 더 물어볼까요? 토영삼굴(兎營三窟)이라는
말씀도 들어본 적이 있을 텐데요."

"토영삼굴……?"

"모르는 사자성어인가요?"

토끼는 기다란 귀를 잡아당기고 얼굴을 붉혔습니다.

"네……. 부끄럽습니다요."

"토끼들은 다 알고 있는 일인데 모르겠다고요?"

"공주님, 바보 같은 저한테 이제부터는 토끼야 하고 불
러주시고 존댓말도 쓰지 말았으면 합니다."

"그래서는 안 되지요. 나이로는 차이가 나지만 나는 거북이고 토끼님은 거북이가 아니시니 그러실 필요가 없어요."

토끼가 귀를 잡아당기며 말끝을 흐렸습니다.

"남들은 다 안다는 토영삼굴도 모르는 멍텅구리가……."

"토끼님은 여기 오기 전에 땅에 굴을 파고 살았지요?"

"그랬습니다. 한쪽 구멍을 뚫고 들어가서 또 다른 쪽 구멍을 두세 군데 더 뚫어놓고 살았습니다."

"왜 그랬을까요?"

兎營三窟
노 영 삼 굴

"그건 적이 나타나면 달아날 구멍을 미리 준비해 놓은 것이지요."

"그래서 적이 나타난 적은 있었나요?"

"한번은 호랑이가 나타나서 구멍을 들여다보며 어흥하고 소리치는 바람에 놀라서 죽을 뻔했습니다. 그런데 약삭빠른 둘째형이 다른 구멍으로 빠져나가 달아나다가 호랑이 밥이 된 적이 있습니다."

"그랬군요. 차라리 다른 구멍이 없었더라면 둘째형이 안전할 걸 그랬습니다."

"그렇습니다. 호랑이가 토끼 구멍으로는 들어올 수 없어

서 밖에서 으르렁거리다가 저쪽 구멍으로 달아나는 토끼를 보고 달려가 잡아먹었습니다."

"그런 경우는 호랑이가 커서 그랬지만 구멍으로 들어올 만한 짐승이나 뱀이 들어오면 달아날 구멍을 파놓은 것이 얼마나 좋아요."

"그렇기도 합니다요, 공주님."

"토끼들은 영리해서 구멍을 몇 개나 뚫어놓고 위험할 때 달아나는 대책을 세우지요. 그렇듯 무슨 일을 하든지 위급할 때 피할 길을 준비하는 것을 토영삼굴이라고 한답니다. 사람들이 토끼들의 지혜를 보고 만든 사자성어지요. 뜻을 아셨지요?"

토끼는 자기들이 구멍을 몇 개씩 뚫어놓고 산다는 것을 사람도 거북이도 안다는 것에 놀랐습니다. 무엇이든지 아는 공주거북이가 너무 좋아서 토끼는 또 무엇을 물어볼까 궁리하다가 입을 열었습니다.

# 모르는 걸 묻지 않는 것은 수치

"공주님, 수주대토(守株待兎)라는 말을 들어보셨습니까
요?"

"토끼들이 아는데 우리가 몰라서야 되겠어요? 그 사자
성어에는 재미있는 이야기가 있지요."

"그런 것까지 아십니까요?"

"그 말뜻은 되지도 않을 일을 고집을 부리고 융통성 없
이 꽉 막힌 사람을 두고 한 것이지요."

"우리가 어렸을 때부터 엄마 아빠가 그러셨어요. '주주
대토로 살지 말아라.' 그러시면서 깔깔거리고 웃으셨습니
다요."

"왜 웃었는지 아시나요?"

"그런 것까지는 모릅니다요."

"옛날에 길가에 커다란 나무 한 그루가 있었대요. 나무
뿌리가 겉으로 드러나 엉클어져 있어서 토끼 한 마리가
그곳을 급히 달려가다가 거기 걸렸대요. 그것을 농부가
지나가다가 발견했대요. 그리고 잡아다 팔았는데 그 값이
한 달 일한 품삯이 되었다지요. 바보 같은 농부는 그 다

121

음날부터 일은 하지 않고 토끼가 나타나 나무뿌리에 걸리면 잡겠다고 나무만 지켰대요. 마을 사람들이 토끼가 그렇게 잡히지 않을 것이라고 말해도 농부는 듣지 않고 토끼가 나타나기만 기다렸다는 이야기에서 그 사자성어가 생겼대요."

토끼는 그 이야기를 듣고 많은 것을 깨달았습니다. 그래서 공주한데 인사를 했습니다.

"고맙습니다. 공주님."

바로 이때 우웅우웅하는 소리가 멀리서 나고 많은 거북이들이 한곳으로 모여들었습니다. 공주거북이가 말했습니다.

"아바마마가 교육하는 시간이 되었어요. 빨리 돌아가야 해요."

공주거북이 부지런히 왕거북이 쪽으로 갔습니다. 토끼도 따랐습니다. 벌써 많은 거북이들이 줄을 맞추어 엎드려 있었습니다.

높은 왕좌에서 왕거북이가 큰 소리로 물었습니다.

"하문불치(下問不恥)라는 말을 아느냐?"

# 오래 짓는 큰 그릇

한 거북이가 고개를 빼고 말했습니다.

"전하 불치하문(不恥下問)이 아니옵니까?"

왕거북이가 너그럽게 웃으며 대답했습니다.

"내가 말을 잘못한 것 같구나. 네 말도 맞다. 불치하문 이니라."

이때 다른 거북이가 끼어들었습니다.

"전하, 하문불치나 불치하문이나 같은 말이 아니옵니 까?"

왕거북이 고개를 끄덕였습니다.

不恥下問
불 치 하 문

"그대 말도 맞소. 그게 무슨 뜻인지 대답해 보시오."

그 거북이가 금방 대답했습니다.

"모르는 것을 아랫사람한테 물어보는 것이 부끄러운 일이 아니라는 뜻으로 아옵니다."

"그 말이 바로 불치하문이니라. 그러나 모르는 것을 물어보지 않는 것은 수치라는 것도 명심하라."

왕거북이 사방을 둘러보며 말했습니다.

"오늘은 이 별궁 장관들한테 사자성어를 하나씩 물어 보겠노라."

그리고 머리를 숙이고 있는 교육부장관한테 물었습니다.

"고진감래(苦盡甘來)란 무엇이오?"

"고생 끝에 낙이 온다는 말입니다."

"잘 말하였소. 다음에는 문공부장관한테 묻겠소."

문공부장관이라는 걸 딱지가 검고 큰 거북이 머리를 쏙 들이밀고 앞으로 나왔습니다. 왕거북이가 물었습니다.

"금의환향(錦衣還鄉)이란 무슨 뜻인가?"

문공부장관 거북이가 대답을 못하고 머리를 더 집어넣고 곁눈질만 했습니다. 왕거북이 다그쳤습니다.

"어찌 대답은 아니 하고 남의 눈치만 살피는고?"

"그게……. 저, 저."

대답을 못하고 꾸물거리자 왕거북이 물었습니다.

"모르겠다는 말인가?"

"……."

왕거북이가 꾸짖듯 말했습니다.

"어찌하여 말을 못하는가? 모르겠으면 부하한테 물어볼 일이지!"

"전하! 어찌 아랫것들한테 물어볼 수 있겠습니까. 체면이 있지……. 으으이 으으."

임금거북이 꾸짖었습니다.

"어찌하여 불치하문이라는 말을 듣고도 그러는가?"

"아무리 그래도 장관 체면에……."

왕거북이 돌아보며 물었습니다.

"문공부 차관이 대답해 보거라."

"예, 예. 예……."

대답을 못하자 임금거북이 노여운 얼굴로 말했습니다.

"너도 모르겠으면 과장한테 물어보던지 곁에 아무한테나 물어보아라."

"차관 체면에 창피해서……."

"불치하문이라고 하는 말을 금방 듣고도 그런 소리가 나오느냐?"

"전하, 죽여주시옵소서."

"네가 모르는 말 한 마디 아랫것들한테 물어보는 것이 부끄러워서 죽여 달라는 것이냐?"

"전하……."

왕거북이 장관과 차관을 앞으로 나오라 명하고 말했습니다.

"문공부 직원 중에 아는 자가 앞으로 나오라."

이때 작은 몸집의 거북이가 앞으로 기어나갔습니다. 그리고 작은 소리로 대답했습니다.

"타향에 가서 크게 성공하여 고향으로 돌아오는 것을 금의환향이라 하옵니다."

왕거북이 듣고 말했습니다.

"모르는 것을 아랫것들한테 물어서 아는 것을 불치하문이라고 이 자리에서 가르쳤건만 문공부 장관과 차관은 몰라서 대답을 못하면서도 묻기를 부끄러워하여 망신을 당하였도다. 대답을 바로 한 저 거북이가 장관 자리로 가고 장관은 부하 거북이 자리로 가서 바꾸어 앉도록 하라."

이리하여 아랫것한테 물어보기를 꺼리던 거북이는 더 큰 창피를 당하고 장관 자리에서 물러났습니다. 왕거북이 다음 재무부장관한테 물었습니다.

# 듣는 귀 흘리는 귀

"대기만성(大器晩成)이 무슨 뜻인고?"

재무장관이라는 거북이가 어물어물 대답했습니다.

"대기라는 건 사람들이 말하는 하늘과 공기, 즉 대기권이고 만성이란 병이 나서 고쳐지지 않는 병이라는 말이옵니다."

왕거북이 노여운 눈으로 바라보았습니다.

"내가 그렇게 강조하여 가르친 말을 그렇게밖에 기억하지 못하고 엉뚱한 소리를 하는 것이냐? 누가 대신 대답하겠느냐?"

등짝이 작고 파란 거북이가 조심스럽게 나섰습니다.

"큰 그릇을 만들자면 많은 공을 들이고 시간을 들여야 이룰 수 있다는 뜻으로 사람이든 거북이든 큰일을 하자면 오래 걸린다는 말이옵니다."

"오, 바르게 대답했도다. 너는 무슨 일을 하고 있는고?"

"저는 샘물을 길어다 궁 안 물독을 채우고 있사옵니다."

"이 시간부터 재부장관 자리로 네가 가고 재무장관은 물 긷는 담당을 하라."

그리하여 재무장관 거북이는 물러나고 그 자리에 등 푸른 거북이 올랐습니다. 왕거북이 또 질문을 했습니다

"국방부장관에게 묻노라. 두문불출(杜門不出)이 무슨 말인고?"

"문을 꼭 닫아걸고 밖으로 나오지 않는 것을 그리 말하옵니다."

"잘 말했도다. 모두가 들었느냐?"

왕거북이 사방을 둘러보았습니다. 모든 거북이들이 머리를 숙이고 대답했습니다.

"예이, 알겠사옵나이다."

왕거북이 말했습니다.

"아무리 불편하고 불만이 있더라도 두문불출해서는 아니 되느니라. 다음 농림부장관 들으라. 마이동풍(馬耳東風)이 무슨 뜻인고?"

농림부장관은 당당하게 대답했습니다.

"마이는 이마를 거꾸로 뒤집은 말이고 동풍이란 이마 위로 바람이 불어 시원하다는 말이옵니다."

왕거북이가 또 노여운 눈이 되었습니다.

"허허, 이 무슨 소린고? 누가 대신 대답하겠느냐?"

한쪽에서 후줄근하게 생긴 거북이가 비틀거리며 나와서

대답했습니다.

"마이동풍이란 남이 하는 말을 귀담아 듣지 않고 흘려버리는 것을 말하옵니다."

왕거북이가 웃음을 띠고 물었습니다.

"그렇게 대답한 그대는 무슨 일을 하는고?"

"저는 궁전에 흐르는 오물을 치우는 청소담당이옵니다."

"오물을 치우면서도 그렇게 잘 알고 있었던가? 이제부터 농림부장관 자리에 그대가 오르고 농림부장관은 오물 청소담당을 하라."

왕거북이의 명령은 엄했습니다.

"다음은 체육부장관한테 묻노라. 미사여구(美辭麗句)란 무엇이냐?"

"미사는 성당에서 드리는 예배를 미사라 하고 여구는……."

왕거북이 또 눈살을 찡그렸습니다.

"그래, 여구는 무슨 말이냐?"

"여구는……. 여자 구두라고도……."

왕거북이 버럭 소리쳤습니다.

"모르면 모른다고 할 것이지 그 실력을 가지고 무슨 미사여구를 늘어놓겠다는 것이냐. 당장 물러가라. 누가 바르게 대답하겠느냐?"

이번에는 아주 늙은 거북이 엉금엉금 나섰습니다.

"미사여구란 아름다운 말과 훌륭하게 쓴 글을 말하는 줄 아옵니다."

왕거북이 나직하고 점잖게 겸손히 대답했습니다.

"그렇소. 잘 말씀하시었소. 올해 8백 세가 되시지 않았습니까? 그런데도 어려서 배운 사자성어를 잊지 않으셨구려."

늙은 거북이 겸손히 대답했습니다.

"전하의 하해와 같은 은혜는 백골난망(白骨難忘)이옵니다."

"고맙습니다. 백골난망이란 가당치 않습니다. 선배님한테 제가 배은망덕(背恩忘德)이나 하지 않았는지 조심스럽습니다."

늙은 거북과 왕거북이 하는 말을 들으며 머리를 끄덕이는 거북이가 있는가 하면 고개를 갸웃거리는 거북이도 있었습니다.

이때 공주거북이 토끼한테 물었습니다.

"저 두 분이 하는 말 속에 백골난망이라는 말과 배은망덕이라는 말을 아시겠습니까?"

# 산 것들은 추억만 남기고 떠난다

토끼는 어리둥절하다가 반문했습니다.

"백골난망 배은망덕이 무슨 말입니까?"

공주거북이 친절하게 가르쳐주었습니다.

"백골난망이라는 말은 죽어서 백골이 되어서도 은혜를 잊지 않겠다는 말이고요, 배은망덕은 은혜를 입은 사람이 그 고마운 것을 모르고 오히려 고마운 사람을 배반한다는 말로 두 말이 반대되는 사자성어지요."

토끼가 귀를 내리고 대답했습니다.

"공주님 고맙습니다. 저는 배은망덕하지 않겠습니다. 왕거북님 은혜 백골난망이옵니다요."

"아바마마가 그렇게 은혜를 베푸신 것도 아니신데 백골난망이라는 말까지는 안 쓰셔도 됩니다."

"공주님의 가르침에도 배은망덕하지 않겠습니다."

"제가 무슨 은덕을 베풀었다고 그러십니까?"

이때 왕거북이 고개를 쭉 빼고 물었습니다.

"공주는 토끼님을 잘 모셨느냐?"

"예, 아바마마."

왕거북이 토끼한테 물었습니다.

"견문발검(見蚊拔劍)이라는 말과 우도할계(牛刀割鷄)라는 말을 기억하느냐?"

토끼는 깜짝 놀랐습니다.

이 말은 왕거북이가 없는 자리에서 공주거북이와 둘이만 나눈 이야기를 왕거북이가 알고 물었기 때문이었습니다.

'여기만 계셨던 왕거북님이 어찌 우리끼리 나눈 말을 알고 있는가? 이상하지 않은가. 이상해……'

이때 토끼 속을 꿰뚫어보기라도 하듯 왕거북이 말했습니다.

"이상할 것이 아무것도 없느니라. 나는 앉아서 천리를 보고 서서 만 리를 보고 듣느니라. 그래도 이상하냐?"

토끼는 더욱 놀라서 귀가 바짝 섰지만 속으로만 중얼거렸습니다.

'정말 이상한 일이야, 앉아서 천리, 서서 만 리를 보고 듣는다고? 거짓말이겠지. 거북이 주제에…….'

왕거북이 꾸짖는 소리로 말했습니다.

"허허, 네가 무슨 생각을 하는 것이냐? 거북이 주제라니?"

토끼는 그만 납작 엎드렸습니다.

"전하, 용서하여 주시옵소서."

"용서는 이미 했느니라. 너희같이 수명이 짧은 동물이 무얼 알겠느냐? 너도 나를 따라 다니다가 다른 토끼보다 나이를 배나 더 먹었느니라."

토끼는 그제야 자기 나이가 다른 토끼보다 배나 많다는

것을 알았습니다.

보통 토끼는 많이 살아야 여섯 일곱 살에 죽는데 열두 살이나 살았다는 것을 깨달았습니다.

나이를 따지자 돌연 늙은 토끼로 변했습니다. 앞에 있는 맛있는 풀을 물어보았지만 이빨이 다 삭고 흔들려서 씹을 수가 없었습니다.

'아아! 이렇게 늙었구나. 나는 이미 세상에 없는 토끼다. 죽어도 두 번 죽었어야 하는데 아직도 살아 있으니 왕거북님 덕이었다……'

왕거북이 내려다보며 말했습니다.

"네가 얼마나 늙었는지 이제야 깨달은 모양이로다. 너희 토끼들의 나이로 따지만 나는 백팔십 배를 살았고 내가 세상에 나왔을 때 너의 조상은 백 팔십대 조상이 있었느니라. 나는 그때부터 지금까지 살고 있느니라. 너는 조상을 얼마나 알고 있느냐?"

토끼는 아무것도 생각나지 않았습니다. 거북이가 말을 이었습니다.

"네가 지금 세상에 나가 보면 너는 후손의 삼대 조상이 되느니라. 그러니 네가 돌아가도 너를 알아보고 반길 후손이 없고 너를 토끼라고 인정도 하여 주지도 않는다. 어찌 하겠느냐. 그래도 돌아가야지 않겠느냐?"

토끼는 매우 놀라서 속으로 중얼거렸습니다.

'왕거북은 왕도 아니다. 임금이나 왕이라고 불러서는 안된다. 어떻게 불러야 좋을까?'

왕거북이 그 속을 들여다본 듯이 말했습니다.

"나를 임금이라고 부르지 않으면 무엇이라고 부르겠느냐?"

토끼는 귀가 땅에 닿도록 엎드려 말했습니다.

"전하, 임금님, 대왕님, 아니, 임금님보다 전하보다 높으십니다. 도사님이십니다."

"도사라 했느냐? 하하하. 임금보다 높은 게 도사라고? 하하하."

"예, 도사님이십니다. 도사님."

"나하고 너하고 사이에는 임금도 신하 관계도 아니다. 너는 토끼, 나는 거북이일 뿐이다. 그뿐 아니라 너하고 나는 친구였느니라. 나의 세상 친구가 아니더냐."

토끼는 더 납작 엎드렸습니다.

"도사님, 황공하옵니다. 지금은 친구 사이가 아니십니다."

"그렇게 생각한다면 나를 따라 오너라."

거북이 높은 자리에서 일어나 굴 밖으로 나왔습니다. 그리고 전에 경주하던 산꼭대기가 보이는 곳으로 갔습니다.

"토끼야, 이제부터는 나를 거북아 하고 불러라."

"안 됩니다, 도사님."

"그렇다면 저 산 위에 있는 나무까지 누가 먼저 올라가나 경주를 해 보자. 네가 이기면 나를 도사님 하고 불러라 알겠느냐?"

토끼는 생각했습니다.

'내가 저도 거북아 하고 부를 수는 없다. 오늘도 앞질러 올라가다가 중간쯤에서 한 잠 자고 천천히 올라가서 져 주어야 한다. 그리고 도사님 전하님 하면 될 것이다.'

왕 거북이가 토끼 곁에 나란히 서서 소리쳤습니다.

"저 나무까지 달리자! 출발!"

"예, 나갑니다."

거북이는 예전처럼 느릿느릿 기었습니다. 토끼는 앞질러 갔다가 중간쯤에서 한 숨 자려고 했습니다.

그런데 이게 웬일입니까. 거북이를 앞질러 몇 발 못 갔는데 다리에 힘이 빠지고 숨이 가빠서 도저히 뛸 수가 없었습니다.

뛰기는커녕 제대로 걸을 힘도 없었습니다. 그래서 비실

비실 기다시피 올라가는데 거북이가 뒤따라오더니 앞질러
가면서 말했습니다.

"힘내라, 힘내!"

토끼는 더 이상 발을 뗄 힘이 없었습니다. 거북이가 느
릿느릿 앞질러 갔습니다.

그러나 한 발도 더 내디딜 수 없는 토끼는 그만 폭 고꾸
라지고 말았습니다.

앞서 가던 거북이가 돌아보았습니다.

"토끼야! 벌써 자느냐?"

거북이가 물었지만 토끼는 숨을 할딱거렸습니다. 거북
이가 다가가 토끼를 품에 안고 말했습니다.

"토끼야, 먼저 달려가다가 자는 척해야지. 지금은 아니다."

그러나 토끼는 가까스로 명주실같이 가느다란 소리로 마지막 한 마디를 남겼습니다.

"도사님, 은혜 백골난망이옵니다."

거북이가 죽은 토끼를 안고 슬픈 얼굴로 중얼거렸습니다.

"살아 있는 것들은 모두가 추억만 남기고 떠나는 거다!"